Wastl Fanderl

Die Wassertrinkerin von Frasdorf

Gewidmet den Frasdorfern

Wastl Fanderl

Die Wassertrinkerin von Frasdorf

Ein Lebensbild der Maria Furtner,
Bauerstochter von Weizenreit.

Mit einem Beitrag von Dr. med. Emeran Mayer:
Der Fall Maria Furtner im Lichte der heutigen Medizin.

Im Anhang:

Gesungenes und Gereimtes
zu Lebzeiten der Wassertrinkerin

ECORA-VERLAG Prien a. Chiemsee

8210 Prien am Chiemsee, Hallwanger Str. 2
Herstellung: Rieder-Druckservice GmbH, 8210 Prien am Chiemsee
Printed in Germany

ISBN 3-923437-02-1

Inhalt

Anhang

Ein Wort voraus

Unsere Mutter erzählte gern aus ihrer Jugendzeit in Frasdorf. Die Erinnerungen reichten zurück in die siebziger und achtziger Jahre des letzten Jahrhunderts, in denen sie beim »Alten Wirt« aufgewachsen ist.

Von ihren Geschichten hat uns Kinder besonders die von der Wassertrinkerin beeindruckt. Eine wunderliche Sache! Maria Furtner hat sie geheißen und sie soll fünf Jahrzehnte hindurch nichts gegessen, nur von Wasser gelebt haben. Die Mutter kannte sie noch, wußte aber nichts weiter zu berichten als einzelne kleine Episoden, so wie andere alte Frasdorfer auch. Als Kinder wurden sie nicht müde, das damals fünfzigjährige arme Leut' zum Essen zu verführen. So lockten sie einmal mit einer süßen Waldhimbeere, doch das Mädei, wie es allgemein genannt war, drehte den Kopf weg: »Wenn i doch nix mag!«

Nachdem ich 1963 selber im Dorf seßhaft geworden bin, habe ich durch Umfragen und Einsichtnahme in Dokumente versucht, ein Lebensbild der Wassertrinkerin zu zeichnen. Was ist nun von allem, was zu erfahren war, Tatsache, was Legende? Diese Frage läßt auch der Internist Dr. Emeran Mayer, dessen Stellungnahme zum Fall Maria Furtner im Lichte der heutigen Medizin meine Erhebungen abschließt, offen.

Heimat der »Wassertrinkerin« ist die Einschicht droben am Sagberg, dessen Bewohner zu den »Schattenseitlern« gehören. (»Beim Binder an' Sturm und beim Glaser z'Kaltenbrunn scheint a halb's Jahr koa Sunn.«) Der Quellbrunnen am Haus, aus dem sie mit Vorliebe geschöpft hat, sprudelt wie eh und je. Auch derjenige beim alten Nagelschmiedhaus in der Lederstube, knapp unterhalb von Weizenreit, den sie gleichermaßen geschätzt hat. Neuerdings wird dieses Wasser abgefüllt und als Heilwasser vertrieben. Dadurch ist noch öfter als früher die Rede vom Weizenreiter Mädei.

Das vorliegende Buch ist geschrieben im Gedenken an das tragische, außergewöhnliche Schicksal einer Bauerstochter zu ihrem 100. Todesjahr.

Stelzenberg 1984

Mit den Blattern hat es angefangen

»Maria, geboren am 17. März 1823 zwischen 4 und 5 Uhr früh. Geburt natürlich, leicht, ohne Hebamme.« Daß es so gut gegangen ist, hat der Frasdorfer Pfarrer P. Poßidius Rochu (1806-1826), ein ehemaliger Chorherr des Augustiner Chorherrenstifts Herrenchiemsee, im Taufbuch vermerkt. Es war das erste Kind der Weizenreiter Bauersleute Lorenz Furtner und seiner Frau Maria, einer Voggenauertochter von Ruckerting.

Die Furtnerkinder – nach Maria folgten Barbara, Andreas, Joseph, Margarethe und Johann – wuchsen auf wie andere Bergbauernkinder auch. Das Haus mit Obstgarten auf dem almartigen Platz gab ihnen die schönste Heimat, die man sich denken kann. Der Schulweg ins Dorf hinunter wurde in damaliger Zeit nicht als Beschwerlichkeit empfunden. Nur bei winterlichen Verwehungen mußte der Vater mit dem ochsenbespannten Schneepflug vorausfahren, um der kleinen Schar den Weg zu bahnen.

Die bäuerliche Kost war kräftig, wenn auch einseitig. Der Rosenheimer Landrichter und Heimatkundler Joseph von Klöckel hat um 1820 den üblichen Speisenzettel aufgeschrieben: »Das Essen besteht an den gewöhnlichen Arbeitstagen wechselweise aus Knödeln und Nudeln samt einem Zugemüse und Frühstück; um 9 Uhr und 3 Uhr gibt es Milch und Brot oder gekoch-

Der Weizenreiterhof um 1920. Er wurde kurz vor Maria Furtners Tod, 1884, ausgebaut zur heutigen Größe.

tes Obst. Zur Bau-, Heuge- und Erntezeit wird besonders aus Schmalz gebacken und auch mehr hievon gekocht. Der Feiertag unterscheidet sich von den Arbeitstagen nur dadurch, daß an demselben das Frühstück und um 9 und 3 Uhr Milch und Brot wegbleiben. Fleisch wird nur zu Ostern, Pfingsten, Kirchweih, Weihnachten und Fastnacht gegessen.«

Maria, liebevoll Mädei gerufen, aß und trank wie die anderen in der Familie, so lange, bis 1835 auf dem Hof die »Schwarzen Blattern« ausbrachen. Die Frasdorfer Berghäuser waren besonders betroffen. Bereits ein Jahr zuvor forderten laut Sterbebuch die »grausamen Aechten Menschenblattern« ein Opfer. Es starb die Dienstmagd beim Bachgraber, Maria Kaiser, 32 Jahre alt.

Die Furtnerkinder kamen durch. Am wenigsten heftig traf es Maria, doch klang bei ihr die Infektionskrankheit lange Zeit nicht ab. Dies bewirkte eine Reihe anderer Erkrankungen, darunter so schwere, daß die Eltern um ihr Leben bangen mußten. Zwischendurch erholte sie sich wieder, aber mit jedem Anfall verringerte sich ihr Appetit. Die Abneigung gegen warmes Essen steigerte sich unaufhaltsam, zuletzt vertrug der Magen auch keine kalten Speisen mehr. Von nun an ernährte sich die Zwölfjährige nur noch von Wasser.

Frasdorf um 1810 Fr. W. Doppelmayr

Ludwig Achleitner

Zu ihm ging Maria Furtner in die Schule. Ludwig Achleitner war über seine Heimat hinaus eine hochgeachtete Lehrerpersönlichkeit. Es soll ihm hier ein kleines Denkmal gesetzt sein.
Der gebürtige Pfaffenhofener (bei Rosenheim) übernahm 1820 die Frasdorfer Schule und wirkte nebenher über vier Jahrzehnte als Gemeindeschreiber und Organist. Als Komponist schuf er zahlreiche Kirchenwerke, die weite Verbreitung fanden. Für den in unserer Zeit wiederentdeckten Peter Huber, den »Müllner-Peter« von Sachrang, fertigte er Lied- und Orchesterpartituren.
Laut mündlicher Überlieferung soll Achleitner Musikalien für König Otto von Griechenland geschrieben haben. Sein Sohn Josef stand jedenfalls am griechichen Hof im Dienst als Kammermusiker. (Frasdorfer Pfarrbuch). Dieser Josef ist 1823 geboren, im gleichen Jahr wie Maria Furtner.

Zeitläufte

1823 – 1850

Es ist nicht die »gute, alte Zeit«, in der das Weizenreiter-Mädei aufwächst. Das Land leidet immer noch unter den Nachwirkungen der vorhergegangenen Kriegsnöte. Die Teuerung steigert sich ins Unerträgliche, Hungersnot breitet sich aus. In München läßt der König bereits 1816 wöchentlich 1000 Brotrationen in der noch kleinen Stadt verteilen.

In den Wirtsstuben singen die Bauern Klagelieder:

Ja, grüaß di God, Frual von da Au,
ja, lebst denn du a no, schau schau!
Ja, Bruada, mir gehts net gar guat,
weil alles so teuer werdn tuat!
Immer und immer
und allaweil werd's schlimmer
und Kinder werdn allaweil mehr,
wo nahm' ma denn 's Heiratsguat her?
Wann 's Schaffi Woaz net fuchzg Guldn kost',
so is's für koan Bauern koa Trost,
denn d'Abgabn werdn allaweil mehr,
d'Soldatn kammatn a no daher.
Die Schmied und die Wagner,
die Kaufleut und Fragner
und sonst alla Teifi schlagt auf –
wia haust si da Bauersmo draus?

Dazu kommen endlose Schlechtwetterperioden, in denen das Getreide verfault, außerdem häufige Mißernten durch verheerende Hagelschläge. Haberbrot und Speisen aus Habermehl gehören zwangsläufig zu den täglichen Mahlzeiten. Dem Vieh, so ist es niedergeschrieben, müssen Daxen als Futter vorgegeben werden. In Frasdorf wütet 1832 der furchtbarste Hagelschlag seit Menschengedenken, er bleibt als »Bartholomäusschauer« in Erinnerung. Eine arme Zeit.

All die mißlichen Begebenheiten im engen Umfeld bilden in erster Linie den Gesprächsstoff, daheim und im Wirtshaus. Geschehnisse von »draußen« nimmt das Landvolk nur am Rande wahr. So im Sturmjahr 1848, das Ludwig I. den Thron kostet: Hier regt man sich hauptsächlich über die Tänzerin Lola Montez auf, in der die Hauptschuldige vermutet wird.

1832 wird Prinz Otto zum König von Griechenland erwählt. Am 6. Dezember nimmt der Siebzehnjährige in der Münchener Residenz Abschied. Im später nach ihm benannten Ottobrunn trennt er sich von seinem Vater, die Mutter fährt noch mit durch das Inntal bis Kiefersfelden.

Als Begleitung und zum Schutze seines Sohnes setzt Ludwig I. 3582 bayerische Soldaten in Marsch: 4 Bataillone Infanterie, 2 Eskadron Chevaulegers und 1 Batterie Artillerie. In Triest warten »Schifflein« auf sie:

Das Schifflein schwingt sich dani vom Land, ade!
Das Schifflein schwingt sich dani vom Land,
mein Schatzerl reich mir deine Hand, ade!
Ade, ade, ade, lebe wohl!

Jetzt fahren wir ins Griechenland, ade!
Jetzt fahren wir ins Griechenland,
pfüat di God, mein liabes Vaterland, ade!
Ade, ade, ade, lebe wohl!

Die armseligen Zeiten können nicht verhindern, daß es im gesellschaftlichen Leben weitergeht wie gewohnt. Großen Zulauf hat das »Wessener Hirtenspiel«, das zu verschiedenen Jahren von den Bewohnern der Pfarrgemeinden Rimsting, Prien, Söllhuben und Frasdorf aufgeführt wird.

Es gibt lustige Hochzeiten, verbunden mit hergebrachtem Brauchtum, und reichen Kindersegen. Die Dirndln tauft man auf die Namen Anna, Maria, Margarethe (nach der Kirchenpatronin), Elisabeth und Barbara – in Frasdorf mischt sich mitunter eine Salome drunter – die Buam heißen in der Mehrzahl so wie es sich gehört, Josef, Johann, Andreas, August, seltener Adam und Abraham.

Auf den Tanzböden geht es hoch her, allerdings streng außerhalb der »geschlossenen« Zeiten, zu denen auch die Erntemonate gehören. Der Schottische, das Hirtamadl, der Siebenschritt und auch schon der Rheinländer kommen gerade auf. Getanzt wird zur Geigenmusik, bis in die fünfziger Jahre hinein, dann erst erscheinen die Klarinetten.

Gute Wandermusikanten erhalten in Rosenheim ihr »Spielpatent«, einer von ihnen ist der Hackbrettspieler, den Lorenz Quaglio 1825 in Hohenaschau zeichnet. Es handelt sich ziemlich sicher um einen der weitbekannten Guggenbuam – Tanzmusikanten, den Georg Stuhlreiter von Rohrdorf. (S. 18).

»Ein auf dem Hackbrett spielender Bauer in Hohenaschau, 1825«.
Lorenz Quaglio (1793 – 1869)

Die Obrigkeit wird aufmerksam

Der Kummer und die Angst der Eltern, ihre vergeblichen Versuche, das Kind zum Essen zu bringen, lassen sich erahnen. Möglicherweise aber haben sie das Schicksal als unabwendbar hingenommen. Die Blattern samt gefährlicher Nachwirkungen hatte Maria überstanden, trotz konstanter Nahrungsverweigerung ging es ihr verhältnismäßig gut. Der Pfarrer kam regelmäßig auf Besuch. Das etwas schmächtige Dirndl lief munter herum, konnte leichtere Arbeiten verrichten, Kühehüten, Äpfelklauben, auch in der Küche machte es sich nützlich.

So vergingen fünf Jahre. Daß in dieser Zeitspanne ein Arzt konsultiert wurde, ist zwar in der Furtner-Verwandtschaft mündlich überliefert, doch erst 1841 meldet der Niederaschauer Arzt, Dr. Carl Ramis, seine Beobachtung im Fall Furtner dem kgl. Bezirks- und Landgerichtsarzt Dr. Joseph Zetl in Rosenheim, der seinerseits sofort die kgl. Regierung unterrichtet. In München steht man den Vorgängen in Weizenreit vorerst skeptisch gegenüber. Dr. Zetl wird angewiesen, unverzüglich den Wahrheitsgehalt zu überprüfen und weiteren Bericht zu liefern.

Dr. Zetl eilt nun nicht etwa sogleich nach Weizenreit um persönliche Eindrücke zu gewinnen und notwendige Veranlassungen einzuleiten, er zieht es vor, erst einmal den Frasdorfer Pfarrer Jakob Niedereder (1838 – 1855) einzuschalten:

Rosenheim, den 13 ten Dezember 1841

Der
Königliche Landgerichtsarzt zu Rosenheim
an den
Königl. Herrn Pfarrer Niedereder

Auf diesseitigen gehorsamsten Bericht vom 27 ten Oktober l. J. hat die K. Regierung zur Vermeidung einer möglichen Täuschung den K. Landgerichtsarzt beauftragt, die Anna Maria Furtner von Weizenreuth nicht allein selbst noch unter möglichst strenger Isolierung derselben, von ihren Verwandten und Bekannten genauer zu beobachten, sondern im Vereine mit dem Herrschaftsgerichte Prien auch möglichst viel Erfahrungen mittels Beaufsichtigung durch verlässige Leute über ihre Lebensweise, ihre intellektuellen und physischen Kräfte usw. zu sammeln und mit den eigenen Beobachtungen wieder vorzulegen!

Um diesem hohen Regierungsbefehle nun nach Möglichkeit entsprechen zu können, ergehet an den Königl. Herrn Pfarrer Niedereder das dienstfreundliche Ansuchen, die Anna Maria Furtner zu vermögen, auf 8 oder 14 Tage sich zur Beobachtung bei Unterzeichnetem einzufinden, wo ihr alle mögliche Bequemlichkeit und anständige Behandlung zugesichert ist.

Sollte A. Maria Furtner diesen Vorschlag nicht annehmen wollen, so ersucht man um Mittheilung ihrer Gründe. Ihr gewohntes Wasser könnte in steinernen Krügen alle 2 ten bis 3 ten Tage hierher geliefert werden, wofür Unterfertigte sorgen würden. Schließlich wird bei Amtsehre versichert, daß man nur das Beste der Anna Maria Furtner und die Ergründung der Wahrheit über dieses außerordentliche Narturereignis im Auge habe.

Mit aller Hochachtung zeichnet
der Königl. Landgerichtsarzt
Dr. Zetl

Prof. Schafhäutl bemerkt in seinem Bericht »Die Wassertrinkerin Jungfrau Marie Furtner...« (1881 und 1885), daß Dr. Zetl nach seinen Untersuchungen keine Ursache hatte, an der Aufrichtigkeit des Mädchens und seiner Eltern zu zweifeln. Im Frasdorfer Pfarrarchiv findet sich allerdings kein Beleg dafür, daß sich die Wassertrinkerin der gewünschten Untersuchung in Rosenheim unterzog. Zumindest hat eine solche im darauffolgenden Jahre keinesfalls stattgefunden, denn zu Beginn des Jahres 1843 schaltete der Landgerichtsarzt auf Drängen von »oben« erneut den Pfarrer Niedereder ein. Auch der Graf Preysingische Herrschaftsrichter Anton Gigl wurde aktiv:

Prien am 7 ten Jänner 1843

Das
Gräfliche Herrschaftsgericht Hohenaschau
an den
Herrn Pfarrer Niedereder in Frasdorf

Die nur vom Wasser lebende
Maria Furtner betr.

In Gemäßheit hohen k. Regierungsbefehls vom 31. v. M. rubr. Betr. wurden heute das Herrschaftsgericht als auch der k. Landgerichtsarzt H. Doktor Zetl in Rosenheim beauftragt, auf die Maria Furtner von Weizenreith und deren Eltern geeignet einzuwirken, daß erstere auf 4 - 6 Wochen unter die Aufsicht der Barmherzigen Schwestern in München in einem abgesonderten Lokale des dortigen Krankenhauses zum Zwecke der Beobachtung sich begebe.

Man ersucht H. Pfarrer bei der näheren Bekanntschaft mit den Eltern der Maria Furtner, und, um diese nicht etwa öfter zu Gericht kommen lassen zu müssen, sich vorläufig zu benehmen und, falls selbe sich bereit finden sollten, dem Wunsche der hohen k. Regierung zu entsprechen, das mir oder andern auf einen beliebigen Tag zu bescheiden.

Sollten die Eltern der Maria Furtner etwa vor dem Krankenhaus sich scheuen, so dürfte vielleicht auch noch ein anderes Lokal vermittelt werden können.

Fortsetzung S. 27

Maria Furtner

Gemälde im Heimatmuseum Rosenheim.
Der Name des Malers ist nicht bekannt.

Frasdorf um 1760. Gründungsprozession der Bruderschaft. (Tafel in der Kirche.)
Der jetzige Kirchturm mit dem Spitzhelm wurde erst 1764/65 gebaut. →

Der stolze Gockl auf der Frasdorfer Kirchturmspitze wurde 1978 neu vergoldet.

Schließlich wird noch bemerkt, daß die Kosten der Reise und des Aufenthaltes in München von der k. Regierung bestritten werden.

Mit Hochachtung
gez. Gigl

Die Königliche Regierung will sich also durch eine ärztliche Untersuchung der »Wassertrinkerin«in München endgültig Klarheit verschaffen. Pfarrer Niedereder begibt sich mit dem recht freundlich gehaltenen Schreiben unverzüglich nach Weizenreit. Die Furtnerischen stimmen dem Vorschlag spontan zu:

Frasdorf, den 9 ten Jänner 1843

An das
K. B. Landgerichts Physikat
Rosenheim

Die Anna Maria Furtner
von Weizenreuth betr.

Zur Folge des in rubr. Betreffe vom bemeldt hochverehrl. k. Landgerichts-Physikat vom 5 ten Januar h. J. mittels Bericht im Original anher communicierten höchsten Ministerial Reskriptes, welches man hier anliegend wieder remittiert, hat man von Seite des Pfarramtes Frasdorf die rubr. Anna Maria Furtner hiervon unverzüglich verständigt, und sie und ihre Eltern Willensmeinung befragt, ob und in welcher Zeit sie sich zu dieser Reise nach München zu einer 4 - 6 Wochen langen Beobachtung entschließen wollen. Und die schnell erfolgte Antwort war ein freudiges Ja, denn schon längstens harrten sie einer solch erfreulichen Vorladung mit Sehnsucht entgegen.

Die Reise selbst können sie aber wegen häuslicher Verhältnisse a dato an nicht leicht eher beginnen, als längstens in Zeit von 4 Wochen, aber dann sind Mutter und Tochter zur Abreise marschfertig, wenn anders das Wetter, wie so oft zur Winterszeit zu geschehen pflegt, nicht für sie zu ungünstig sein sollte.

Nur bittet die Maria Furtner, man möchte ihr erlauben und Anstalt treffen, daß sie mit ihrem Heimaths-Wasser, an das sie gewöhnt ist und vorzüglich zusagt, oder mit einem anderen derlei äquivalenten versorgt werden wolle, außerdessen sie die Länge nicht aushalten könnte, ohne erkranken zu müssen, und dann, daß sie von allen Medizinen, wovor sie schon Ekel hat, wenn sie daran denkt, durchaus verschont bleiben wolle. So der Wille und die Bitte der Maria Furtner und ihrer lieben guten Eltern. Womit sich übrigens mit vollkommenster Hochachtung und besonderer Verehrung gehorsamst empfiehlt

der
eines b. k. Landgerichts-Physikat Rosenheim
gehorsamster Diener
Jakob Niedereder Pfr.

Die winterlichen Wetterverhältnisse schienen so ungünstig gewesen zu sein, daß dem Mädchen eine Postkutschenreise nicht zuzumuten war. Erst als der Frühling Einzug hielt, war es dann so weit.

Marias miteingeladene Mutter nahm an der Fahrt nicht teil, dafür begleitete sie der Landgerichtsarzt Dr. Zetl auf ihrer ersten und einzigen großen Reise. Man schrieb den 6. April 1843. Noch am gleichen Tag erreichten sie das Münchner Allgemeine Krankenhaus. Wie mag es dem inzwischen 20-jährigen Dirndl ums Herz gewesen sein?

Das Medizinalkollegium des Krankenhauses übertrug dem Prof. Dr. Karl Emil von Schafhäutl die Aufgabe, über den Verlauf der Untersuchungen Protokoll zu führen.

1881, 38 Jahre nach Maria Furtners Aufenthalt in München, veröffentlichte von Schafhäutl eine achtseitige Broschüre über seine Beobachtungen; 1885 ließ er eine erweiterte Zweitauflage folgen.

Zu den Faksimile-Drucken Seite 30 und 33: Titelseiten der zwei Broschüren von Prof. von Schafhäutl.

Die

Wassertrinkerin

Jungfrau Marie Furtner

aus Fraßdorf in Oberbayern

welche seit 40 Jahren ohne andere Nahrung als vom Quellwasser lebt.

Wahrhafter Bericht

nach gewissenhaften Untersuchungen und Beobachtungen, welche mit derselben im Krankenhause zu München vorgenommen wurden.

Von P. Dr. v. Sch.

München 1881.

Druck und Verlag von Josef Krämer, München, Thal Nr. 12.

Das Münchener Medizinalkollegium

Das Leben und Wirken der untersuchenden Professoren (s.a. nächste Seite) ist festgehalten im »Biographischen Lexikon der hervorragenden Ärzte aller Zeiten und Völker«.

Prof. Dr. Philipp Franz von Walther, Geheimer Rat und königlicher Leibarzt.

Prof. Dr. Johann Nepomuk von Ringseis, Primararzt und Direktor im Allgemeinen Krankenhaus. Er begleitete Kronprinz Ludwig auf seinen Reisen.

Prof. Dr. Franz Xaver Ritter von Gietl, Träger hoher Auszeichnungen, Leibarzt des Kronprinzen Maximilian.

Ein physiologisch-medizinisches Räthsel.

Die

Wassertrinkerin Jungfrau Marie Furtner

aus Frasdorf in Oberbayern,

welche 50 Jahre hindurch ausschließlich vom Wasser lebte.

Mit Porträt

nach Photographie mittelst Autotypieverfahren hergestellt.

Wahrhafter Bericht

nach gewissenhaften Beobachtungen, welche mit derselben im Krankenhause zu München vorgenommen wurden.

Von Dr. Karl Emil von Schafhäutl,
kgl. Universitäts-Professor in München.

München 1885.

Verlag von G. Wenger's Buchhandlung, **Leo Seitz.**

Prof. Dr. Karl Emil von Schafhäutl

Protokollführer von Schafhäutl war ein vielseitiger Mann. U.a. hatte er bei der Akademie der Wissenschaften eine Professur für Geognosie, Bergbaukunde und Hüttenkunst.

International anerkannt war er als Experte für Technologie der Musikinstrumente. Zusammen mit Theobald Böhm entwickelte er die weltweit bekannte zylindrische »Böhm-Flöte« mit neuartigem Klappensystem.

Des Mädchens Peinigung im Krankenhaus

Beobachtungen von Dr. von Schafhäutl

Man denke sich die Gemütsstimmung des armen Mädchens, das zum ersten Male aus dem einfachen stillen Kreise ihrer Familie nach der Hauptstadt geschleppt, in einem großen Zimmer, dessen verschlossene Fenster mit Siegeln versehen waren, eingesperrt, jungen und alten Physiognomien zur Disposition gestellt, die ihr allermeistens nichts Gutes zu versprechen schienen. Die barmherzigen Schwestern waren es allein, die noch einigermaßen ihren Mut aufrecht erhielten.

Der erste Gruß des Münchener Klimas war ein Gesichtsrotlauf, der, wenn auch ziemlich leichter Art, dennoch ihr Gesicht entstellte. Am 7. April trat Fieber mit Hitze ein bei einer sehr unruhigen Nacht; das Zimmer hatte 17°, die Wärme der Hände war 27,8° R.[1]*) Erst am 14. April, als Rekonvalenszenz eingetreten war, konnte man versuchen, die Mundwärme zu bestimmen; allein, noch war das Gesicht so geschwollen, daß es nicht tunlich*

[1]) »(°R) Reaumur war in Bayern vor Einführung der Celsius-Grade (°C) die übliche Einheit für die Temperatur. Bei beiden Thermometerskalen liegt der Eispunkt des Wassers bei 0°. Der Siedepunkt des Wassers wird bei Reaumur mit 80°, bei Celsius mit 100°bezeichnet; 1°R entspricht somit 1,25°C. Die angegebenen Temperaturen waren demnach:
Zimmer 17°R = 21,25°C / Hände 27,8°R = 34,75°C.« W. M.

Die Handtemperatur gibt v. Schafhäutl in der Erstausgabe seiner Schrift, 1881, mit 29,8°R, in der Zweitausgabe, 1885, mit 27,8°R an.

war, eine Thermometerkugel in ihren Mund zu bringen. Erst am 18. April konnte das Mädchen als gesund betrachtet und zur Beobachtung tauglich erklärt werden.

Der Hauptpunkt der vorzunehmenden Untersuchung war: mit aller möglichen Bestimmtheit zu ermitteln, ob das Mädchen wirklich imstande sei, ihr Leben durch das Quellwasser, das sie trank, zu erhalten, und ob bei der ganzen Geschichte nicht Mystifikation oder Betrug mitunterlaufe. Zugleich sollten noch, soweit als möglich, andere nähere Untersuchungen vorgenommen werden, die eigentümlichen organischen Lebenserscheinungen an dem Mädchen zu beobachten, welche vielleicht Rückschlüsse auf ihre eigentümliche Lebensweise erlaubten...

Das Krankenhaus war damals zu physiologischen Untersuchungen nicht eingerichtet, und wenn dies auch der Fall gewesen wäre, so hätten eingehende physiologische Versuche nicht ausgeführt werden können; denn sie hätten an einem in abgeschiedener Ländlichkeit von einer einfachen christlichen Familie erzogenen Mädchen angestellt werden müssen, das energisch jeden Vorschlag zu irgeneinem Versuch abwies, der nur von ferne an den Begriff zu reichen schien, den sie in ihrer Heimat von Zucht und Ehrbarkeit eingesogen hatte. Mit einem Stadtfräulein wäre diese Sache allerdings leichter gegangen. Man mußte sich begnügen, z. B. das tägliche Gewicht, die Temperatur der Mundhöhle, der Hand und des Zimmers, die Feuchtigkeit der Luft, die Quantität Wasser, die sie trank, und die natürlich flüssigen Sekrete zu bestimmen; aber auch das konnte nur unter Mitwirkung der barmherzigen Schwestern ausgeführt werden. Ich mußte alle meine Beredsamkeit, Bitten und Versprechungen anwenden, um das furchtsame, eingeschüchterte Mädchen zu be-

wegen, sich auf die Waage zu stellen, die allerdings für eine solche Last von etwas primitiver Struktur war. Nachdem ihr Gewicht bestimmt war, was morgens zwischen 9 und 10 Uhr, nachmittags zwischen 3 und 4 Uhr geschah, wurden durch Vermittlung der barmherzigen Schwestern die Kleider gewogen, was überhaupt täglich stattfand bis zu ihrer Entlassung aus dem Krankenhause.

Das Mädchen, nachdem es sich von dem Rotlaufe erholt, hatte eine blasse Gesichtsfarbe, war zart gebaut, kaum mittlerer Größe, nicht ganz 1,4 Meter. Von ihrem körperlichen Zustande gibt ihr Gewicht hinreichend Aufschluß. Sie wog am 19. April 43,68 Kilogramm (was nach dem alten bayerischen Gewichte 78 Pfund 12 Loth 3 Quint) mit Inbegriff von 3 Kilogramm (oder nach altbayerischem Gewicht 5 Pfund 19 Loth 1 1/2 Quint), die den Kleidern gehörten.[2]) Im Durchschnitt blieb sich Temperatur usw. ziemlich gleich, z. B. Zimmertemperatur 16,4°, Handwärme 18,5°, Mundwärme 25,4°(R).

Nachdem das Mädchen sein Martyrium am 26. April beinahe überstanden hatte. wog es noch 42,00 Kilogramm, also nach dem altbayerischen Gewicht 75 Pfund 3 Loth 3 Quint. Das

[2]) »Etwas Mühe bereitet die Umrechnung der alten Gewichtsangaben, da es davon eine Vielzahl im deutschen Raum gab. Zum Zeitpunkt der Untersuchung der Maria Furtner in München müßte das Pfund zu 560 g die richtige Einheit sein. Damit wären: 1 Pfund = 560 g / 1 Loth = 17,5 g / 1 Quint = 4,375 g. Das Gewicht betrug demnach am 19.4.1843: 78 Pfund 12 Loth 3 Quint = 43,903 kg, die Kleider 5 Pfund 19 Loth 1 1/2 Quint = 3,139 kg, am 26.4.1843: 75 Pfund 3 Loth 3 Quint = 42,065 kg.
Die geringe Abweichung von den angegebenen Kilogrammbeträgen im Text ist entweder durch Irrtum des Verfassers bei der Umrechnung der alten Gewichte oder durch Druckfehler zu erklären. Immerhin waren ja 40 Jahre vergangen, und das Zollpfund zu 500 g war inzwischen allgemein eingeführt. Für einen Schreibfehler spricht, daß die ersten Gewichtsangaben bei mir höher liegen als die angegebenen, mein Betrag vom 26.4.43 mit 42,065 kg aber unter dem gedrucktem bleibt. Ein anderer Pfundschlüssel müßte eine Abweichnung von allen 3 Beträgen entweder nach oben oder nach unten ergeben.« W. M.

Mädchen fand sich am 28. April unwohl und so erschöpft, daß es des Nachmittags nicht mehr gewogen werden konnte. Sein Puls fand sich sehr beschleunigt, die Handwärme war 21,5°, die Mundwärme 25,2°, so daß weitere eingehende Untersuchungen eingestellt werden mußten.

Man hatte sich indessen nun zur Genüge überzeugt, daß keine Art von Betrug während der 22 Tage, die sie in ihrem Gefängnisse weilte, stattgefunden haben konnte, und fand es für gut, das Mädchen einfach zu entlassen...

Von Schafhäutl spricht von »22 Tagen«, weil er seine Protokollführertätigkeit erst am 18. April aufnehmen konnte. Tatsächlich befand sich Maria Furtner fünf Wochen im Allgemeinen Krankenhaus.

Das Mädchen trank nur Wasser, welches überhaupt das beste Trinkwasser, aus dem sogenannten Freiflusse im Osten, an der Hügelreihe am rechten Ufer der Isar, in das Krankenhaus geleitet wurde; und davon verbrauchte es im Durchschnitte 1 1/4 Liter, obwohl ihr dieses Wasser nicht behagte. Sie gebrauchte den Ausdruck, es sei »lack«, das heißt, im Vergleiche mit der Quelle ihrer Heimat, aus der sie von Jugend auf getrunken, es schmecke »matt« oder »schal«, obwohl dieses Trinkwasser an Kohlensäure nichts weniger als arm war...

Wie bei allen solchen Geschäften, an welchen mehrere teilneh-

men, hatte man sich weiter nicht mehr um das Mädchen bekümmert und sogar vergessen, für Mittel zu ihrer Rückreise in die Heimat zu sorgen...

Das Münchener Allgemeine Krankenhaus in der Zeit, als Maria Furtner dort zur Untersuchung weilte. »Ein in großartigen schönen Verhältnissen hergestelltes Gebäude... in einer freyen gesunden Gegend vor dem Sendlingerthor.« (Topographie des Königreichs Bayern, 1830.) Heute steht an dieser Stelle das Krankenhaus links der Isar, Ziemssenstraße.

So wenige Einzelheiten vom Münchner Aufenthalt des Weizenreiter Mädeis heute in Frasdorf auch bekannt sind, die beschämende Tatsache, daß man es »z'Fuaß hoamg'schickt« hat, wird immer noch erzählt. Die Heimwanderung trat Maria am 9. Mai an. Wann wird sie bei den damaligen Straßenverhältnissen in Frasdorf angekommen sein?

Der Bericht des Geheimen Rats Dr. von Walther

Bulletin der königl. Akademie d. W.
1844 Nr. 31.

Gelehrte Anzeigen

München. herausgegeben von Mitgliedern 12. July.
Nro. 139. der k. bayer. Akademie der Wissenschaften. 1844.

Königl. Akademie der Wissenschaften.

Sitzung der mathematisch-physikalischen Classe am 20. April 1844.

1. Hr. Geheime Rath Dr. v. Walther las: Ueber die Ernährung des menschlichen Körpers, zumal durch Wasser und Luft, mit Bezugnahme auf den Krankheitsfall der A. M. Furtner im allgemeinen Krankenhause zu München.

Schon seit längerer Zeit erregte die Aufmerksamkeit der Aerzte und Naturforscher ein jetzt 20jähriges Bauernmädchen, Anna Maria Furtner aus Weizenreuth in dem Landgerichte Rosenheim, von welcher behauptet wird, daß sie seit 11 Jahren nur Wasser, und bloß im Frühjahr kurze Zeit lang frisch ausfließenden Birkensaft, außerdem aber keine Speise genieße, und eben so lange schon keine Stuhlentleerung gehabt habe, jedoch Urin lasse und regelmäßig, obgleich etwas sparsam menstruirt sey. Zeugnisse von Aerzten, Geistlichen und Beamten bestätigen die Richtigkeit der Thatsache. Zur näheren Beobachtung und Untersuchung wurde sie 1843 in das allgemeine städtische Krankenhaus in München aufgenommen, und in demselben 5 Wochen lang in einem abgesonderten wohl verwahrten Zimmer genau beobachtet: worauf der Herr Krankenhausdirector ihr das Zeugniß ertheilte, „daß sie diese 5 Wochen lang bloß von Wasser gelebt und keine Fäcalausleerungen gehabt habe."

Glücklicher Weise ist bisher dieser Fall von Ostentation, und von miraculoser Zuthat rein gehalten worden, und es besteht kein näherer Grund, Betrug und Täuschung aus Gewinnsucht ꝛc. anzunehmen.

Wird die Richtigkeit des Thatbestandes vorausgesetzt, so entsteht die Frage, ob und auf welche Weise die Ernährung der A. M. Furtner bloß aus Wasser und Luft möglich sey?

Ueber diesen schwierigen Gegenstand erlaube ich mir folgende vorläufige Andeutungen, welche weit davon entfernt sind, als eine erschöpfende und vollständige Lösung des Problems sich geltend machen zu wollen.

Der menschliche Körper bedarf zu seiner Ernährung und Erhaltung bey dem beständigen Stoffwechsel besonders der äußern Zufuhr des Sauerstoffes, Wasserstoffes, Kohlenstoffes und Stickstoffes. Diese machen die Hauptmasse aller Säfte und Weichgebilde aus. Calcium ist zur erstmaligen Bildung der Knochen in beträchtlicher Menge erforderlich. Später mindert sich dieses Bedürfniß bey der sehr langsamen Substanzerneuerung im Knochengewebe. Woher das Calcium zur ersten Knochenerzeugung komme, ist noch etwas dunkel. In dem Käsestoff der Muttermilch und in den Nahrungsmitteln der frühesten Kindheit ist dasselbe kaum in der hiezu erforderlichen Quantität enthalten.

Phosphor und Schwefel sind Bestandtheile vieler flüssiger und fester Theile, aber doch schon in geringen Gewichtsmengen, — in noch geringern Chlor und Fluor. Endlich sind außer dem Calcium

Die weiteren Ausführungen Walthers werden in einer Handschrift unbekannter Herkunft im Pfarrarchiv Frasdorf kurz zusammengefaßt kommentiert:

»Es folgt eine gelehrte Auseinandersetzung mit der Frage, was der menschliche Körper zu seiner Ernährung und Erhaltung bei dem beständigen Stoffwechsel besonders bedarf und woher er diese Stoffe nimmt. Es seien dies Sauerstoff, Wasserstoff, Kohlenstoff und Stickstoff. ‚Diese machen die Hauptmasse aller Säfte und Weichgebilde aus.' Calcium sei zur erstmaligen Bildung der Knochen in beträchtlicher Menge erforderlich usw. Die Frage wird dem damaligen Stande der anorganischen Chemie entsprechend behandelt und beantwortet. Wissenschaftlich haben diese veralteten Überlegungen heute keinen Wert.«

Zeitläufte

1851 – 1884

Bis anfangs der sechziger Jahre läßt es sich in Zufriedenheit leben. Kein Krieg, das Land kann aufblühen. Und es gibt Arbeit. Wenn einer zum Dreschen oder Gsottschneiden ins Tagwerk geht, trägt es ihm pro Tag 10 bis 15 Kreuzer und die Kost ein.

Dienstboten erhalten als Jahreslohn 25 bis 30 Gulden, dazu freie Station, ein Paar Schuhe, zwei Hemden und ein Dienstgewand, an Weihnachten ein Geschenk. Industriearbeiter finden Aufnahme in den Aschauer Nagelschmieden, von denen um 1850 noch 23 in Betrieb sind.

Viele Bauern der Gegend üben Handel aus. Vom Gäuboden her holen sie Getreide, verfrachten es nach München, Augsburg, Nürnberg, öfter noch nach Tirol und in die Lombardei. Das schwere, starkzöllig bereifte Blachenfuhrwerk erregt Aufsehen. Vier, sechs oder gar acht gut genährte Pferde im blitzenden Geschirr, an der Wagenwand griffbereit aufgehängt das buntbemalte Futtersieb.

Beim heimkehrenden Frachtwagen sticht den Leuten besonders das »Waldfaß«, die eiserne Geldkassette an der Wagengabel, in die Augen.

Schmiede, Wagner und Störsattler kommen durch die Frächter zu erheblichen Aufträgen.

Fast alle diese Handelsleute sind wohlhabend und angesehen, auch die Frasdorfer, daher redet der Chronikschreiber Georg Mayr bei der Aufzählung jeden einzelnen mit »Herr« an: Die Hamberger zum Paulkarl, Hefter zum Stockerer, Bliemetsrieder zum Stein, Neumayr zum Rauch, zum Jell und zum Ortner, Graf zum Paulschmied, Wörndl zum Hamberger, Steiner zum Dickl.

Es is koa schön're Sach, juhe,
als 's Fuhrwerk auf der Straß!
Is koa lustigas Lebm,
als an Fuhrmann abgebm,
hola ri dulio, hola rei dulio,
es is koa schön're Sach, juhe,
als 's Fuhrwerk auf der Straß!

In da Fruah steh i auf, tua d'Roß putzn,
an Habern gib i vür.
Und die Kellnarin schaut ma zua,
sagt: Guatn Morgn, liaba Bua!
Hola ri dulio, hola rei dulio,
in da Fruah steh i auf, tua d'Roß putzn,
an Habern gib i vür.

Kommt ein Fuhrmann zu rechter Zeit gerade aus dem Süden, so bringt er dem Herrn Pfarrer grüne Ölzweige mit für den Palmsonntag. Damit ist es allerdings bald aus. 1857 wird die Eisenbahnstrecke von München nach Rosenheim eröffnet, ein Jahr später führt man sie weiter durch das Inntal. Die »Eiserne Straß'« macht dem Frächten mit Roß und Wagen langsam aber sicher den Garaus.

Da jammern die Fuhrleut: Es is nimma z'lebm,
koa schlechtere Zeit kunnts für uns nimma gebm!
Ma woaß ja fast net, wia ma furtkemma sollt,
is koa Teifi net da, daß er d'Eisenbahn holt.

Die Eisenbahn erregt nicht nur die Gemüter der Fuhr- und Schiffsleut. Beim Bau der Strecke nach Salzburg, die 1860 in Betrieb genommen wird, singen die Chiemgauer:

Jetzt baun s' die Bahn nach Rosenheim,
ei, da wird's wohl recht lustig sein!
Wenn s' scho am End fast gar nix tragt,
so ham s' doch Unterhaltung g'habt.

Die Eisenbahn wird fortgebaut,
auf's Geld wird aber nimma g'schaut.
Da sagt a jeder Schuasterbua:
Schuldn ham ma eh scho gnua!

In Traunstein is's recht lustig g'wen,
da hat's amal viel Arbeit gebn,
auf einmal is das Geldl gar,
sie sagn: Wir baun ein anders Jahr!

Der Rothschild is ein reicher Mann,
der am End noch helfen kann.
Jetzt gibt man ihm schon fünf Prozent,
möcht wissen, wer das zahlt am End.

In dieser Zeit entdecken die Städter den Reiz der Alpen. Beim Zechmeister in Aschau verbringt eine Familie Hartmann aus München über lange Jahre die Sommerfrische. Ihrem Sohn Gustl hat es das Landleben »unter einfachen Leuten« besonders angetan. Er beginnt nach alten Liedern zu forschen, schreibt die Texte auf, um sie vor dem Vergessenwerden zu bewahren. Ein Freund hält die Singweisen fest. Zu den ersten Fundorten gehören Sachrang, Hittenkirchen, Urschalling und Wildenwart. Wie arm wären unsere heutigen Sänger dran, könnten sie nicht schöpfen aus dem großartigen Werk »Volkstümliche Weihnachtslieder, in Bayern, Tirol und im Land Salzburg gesammelt« von August Hartmann und Hyacinth Abele.

Weil wir bei den Volksliedern sind: 1860 erscheinen in München »Oberbayerische Lieder, im Auftrage und mit Unterstützung Seiner Majestät des Königs gesammelt von Franz von Kobell.« Das »Königsbüchl«. Max II. läßt die in 2000 Exemplaren gedruckte Erstauflage verteilen an Jäger, Holzknechte, Almleut und »singende Dirndl überall«.

Und weil der Kini die Gsangln liabt
Und weil er s' gern tuat hörn,
So will er enk des Liaderbuach
Als Andenka verehrn.

Franz von Kobell gehört zum Freundeskreis von Herzog Max in Bayern, im Volk liebevoll »Zithermaxl« genannt, dessen schöne Tochter Elisabeth, die Sissi, 1854 den Kaiser Franz Joseph von Österreich heiratet.

1858 unternimmt König Max II. seine berühmt gewordene »Fußreise« durch sein Bayernland, vom Bodensee bis Berchtesgaden. Die Reise geht auch über Rosenheim, Brannenburg und Prien.

Die Priener bereiten einen großen Empfang vor und schicken einen Kundschafter auf den Weg, der ihnen melden soll, wann der König kommt. Dieser aber hatte seine Kutschen und das Gefolge vorausgeschickt und reitet ein gutes Stück weiter hinten nach. Als der Ausspäher die Kutschen wahrnimmt, rennt er so schnell er kann in den Ort und schreit: »Da Kini kimmt!« Die Wägen werden lauthals mit Musik und Gesang empfangen, bis man merkt, daß kein König dabei ist.

Als der Herrscher nun tatsächlich eintrifft, in einen Regenmantel gehüllt, fragt ihn der gewissenhafte Kundschafter, wann denn endlich der König kommt.
»Ich bin der König«, sagt Max.
»Soo, Sie san der König? I glaabs scho!«

So geschieht es, daß der König unerkannt bleibt. Erst abends im Saal wird die Begrüßung unter tausend Entschuldigungen nachgeholt. Der Kundschafter schläft in dieser Nacht sehr schlecht.

Am nächsten Tag besucht die erlauchte Gesellschaft Frauen- und Herrenchiemsee.

Frasdorf feiert 1860 das hundertjährige Bestehen der »Bruderschaft zur unbefl. Empfängnis«. Die glanzvolle Gründungsprozession hundert Jahre zuvor ließ der »Ehrngeachte und bescheydene Georg Ebersberger, Stein von Günersting« auf eine

Tafel malen. (Siehe S. 24/25.) ,,Eine hübsche Rokokoarbeit, ortsgeschichtlich wertvoll wegen der exakten Dorfansicht, volkskundlich wegen der genau wiedergegebenen Volks- und Bruderschaftstrachten von Frasdorf, Aschau, Rohrdorf, Törwang, Söllhuben und Prien." (Peter von Bomhard.)

1984 wurde das große Gemälde in der Frasdorfer Kirche (wohl von Jos. Anton Höttinger, Rosenheim) renoviert – ohne Übermalung – von Friedl Reinbold, Berchtesgaden. Nun fallen u. a. besonders die schönen Gewänder der Figurenträgerinnen wieder ins Auge. (Anläßlich der ersten Auflage des vorliegenden Buches wollen die weiblichen Mitglieder der ,,Singgemeinschaft Frasdorf" die Tracht von 1760 nachschneidern lassen und so den Anstoß geben zu einer allgemeinen Wiederbelebung.)

In das friedliche Leben platzen Schreckensnachrichten. 1863 ist Bayern an einem Krieg gegen Dänemark beteiligt, denn »auch Bayerns Häfen liegen an der Wesermündung«. Aus Frasdorf muß keiner einrücken. 1866 führt Bayern zusammen mit Österreich Krieg gegen Preußen. Offiziell geht es um Schleswig-Holstein, in Wirklichkeit aber strebt Preußen die Vormachtstellung in Deutschland an. Es bekommt sie schließlich auch, weil Preußen als Sieger hervorgeht. Aus Frasdorf werden 32 Männer eingezogen, gefallen ist keiner. Zum Schluß muß sich Bayern notgedrungen mit Preußen verbünden. Dieses Bündnis verpflichtet sie, im sog. Siebziger-Krieg gegen Frankreich mitzukämpfen.

Über seine Erlebnisse beim Ausmarsch dichtet der Heckensteiger Girgl von St. Maximilian bei Kraiburg ein Lied mit 56 Strophen. Bald singt man es überall im Land. Ein paar seiner handfesten Verse sollen hier folgen:

Und im Juli siebzig sind wir abgereist,
und dort angekommen, wo mans Lechfeld heißt,
da begeben wir uns auf den Lagerplatz,
wo gar mancher denkt an seinen Schatz.

Napoleon, aba jetzt bist gstellt, is dir da Karrn aufgschnellt,
und da Gaul ar umgfalln, wia Franzosnschnalln,
zerscht hätt'st uns du blamiert, waarst nach Berlin marschiert
und hätt'st dort Mittag gspeist, des ham ma gneist.

Ja, es is gwiß a Schand für's ganz Franzosenland,
Napoleon, du gscherta Tropf, mit dein' Pariserkopf,
d'Leut hast ins Elend gstürzt, viele hast 's Lebn vakürzt
mit dein' vafluachtn Kriag, net daß i lüag.

Deutschland siegt am Ende, aber von den bayerischen Soldaten sind 17000 gefallen, darunter sieben Frasdorfer. Der »Deutsche Bund« ist geboren, Ludwig II. muß dem Preußenkönig wohl oder übel die Kaiserkrone antragen.

Zu allem Unglück wird Frasdorf 1871 von der Blatternkrankheit heimgesucht, zehn Leute müssen sterben. Dann aber folgt endlich eine lange Reihe von guten Jahren.

Nachzutragen noch einige frühere Denkwürdigkeiten: 1864 wird der Besuch der ungeliebten Feiertagsschule Pflicht für alle Jugendlichen ab 16 Jahren, 1866 erhält Frasdorf die erste Feuerspritze. In die siebziger Jahre fallen der Erwerb der Gutsherrschaft Hohenaschau durch Freiherr von Cramer-Klett, 1875, (er wird größter Grundbesitzer in Frasdorf), 1876 werden die weltlichen Standesämter eingeführt, 1877 die Holzschindeln verboten, um die Brandgefahr einzudämmen.

Auf Herrenwörth errichtet Ludwig II. sein Schloß als imposantes, goldstrotzendes Denkmal für Ludwig XIV. in Gestalt eines neuen Versailles. Maria Furtner erlebt den vorläufigen Abschluß des Prunkbaues nicht. Sie muß 1884 die Welt verlassen.

Schloß Herrenchiemsee um 1890

Maria Furtners eigener Hausstand

Obwohl die Furtnerischen im Laufe von Generationen ihr Haus, die einstmalige hölzerne Hüterunterkunft, durch mehrmaliges Anflicken von Räumlichkeiten vergrößerten, mußten sie doch eng zusammenrücken. 1866 erwarb sich Maria ein Wohnrecht im Nagelschmiedhaus, zugehörig zum Weiler Le-

Im alten Nagelschmiedhaus, Weiler Lederstube, hat die Wassertrinkerin ab 1866 sechs Jahre gewohnt. Das Wasser der Quelle nahe dem Haus bevorzugte sie auch nach ihrem Wegzug.

derstube. Dieser liegt am Fuße des Sagberges. Dadurch wurde für sie der Weg zur Kirche kürzer und weniger beschwerlich.

Sechs Jahre blieb sie »in der Lederstub'n«, dann wollte sie doch wieder zurück nach Weizenreit und dort für immer bleiben. Inzwischen aber hatte ihr Bruder Andreas den Hof übernommen, die Nagelschmiedstochter Elisabeth Pertl von Greimelberg geheiratet und Nachwuchs war auch bereits vorhanden. Für Maria war kein Platz mehr.

Als Lösung des Problems bot sich der Stadel neben dem Wohnhaus an. Marias Brüder bauten ihn um zu einem gemauerten Zuhaus. Zwei Zimmer darin wurden der Schwester auf Lebenszeit zugestanden, notariell beglaubigt, damit nichts passieren konnte.

Heutige Ansicht des Stadelanbaues, in dem Maria Furtner vor 100 Jahren gestorben ist. Die alte Stiege führte in ihre Wohnung.

Die heutigen Weizenreiter, vier Ur-Nichten und Neffen, alle in den Siebzigern und ledig geblieben, können sich an manche Einrichtungsstücke erinnern: An einen behaglichen Kachelofen in der Stube oder an den 14-teiligen Kreuzweg an den Wänden des Schlafzimmers. Kommode und Kasten, schön gearbeitet und bemalt, sind noch in Gebrauch.

Die Wassertrinkerin hat viel gelesen. Es sind aus ihrem Besitz noch zwei Bücher aus der Feder des religiösen Volksschriftstellers Leonhard Goffine (1648 - 1719) erhalten: Ein »Tugendspiegel« (...) und eine Heiligenlegende (...),seinerzeit sehr verbrei-

Der Hausbrunnen in Weizenreit sprudelt wie eh und je

tete Betrachtungsbücher für den täglichen Gebrauch. Wahrscheinlich handelte es sich um Geschenke der Frasdorfer Pfarrer oder anderer Besucher.

Mit Liebe und Geschick widmete sie sich den Handarbeiten. Einige Stücke sind noch vorhanden, darunter ein Tischtuch aus Bauernleinen mit Stickverzierung.

Hand-Weißstickerei auf Bauernleinen mit Monogramm Maria Furtner

Das Weizenreiter Mädei war blond, von zierlicher Gestalt, erst im zunehmenden Alter rundeten sich die Formen, wie Fotografien erweisen. Freundlich im Wesen, unterhielt es sich gern mit ihr vertrauten Frasdorfern. Leutscheu zeigte es sich nur, wenn sensationslüsterne Fremde auftauchten.

Maria Furtner etwa 35 Jahre alt

Schloß Wildenwart um 1810 Fr. W. Doppelmayr

Besuche

Herzliche Zuneigung brachte Maria Furtner der gleichalterigen Schloßherrin vom nahen Wildenwart, Adelgunde Herzogin von Modena, entgegen, die sie auf Weizenreit besuchte.

Adelgunde Herzogin von Modena (1823 – 1914)

Tochter König Ludwigs I. und seiner Gemahlin Therese. 1842 vermählt mit Herzog Franz V. von Modena, Erzherzog von Österreich-Este. 1862 erwarb das Herzogspaar Schloß Wildenwart im Chiemgau als Sommersitz.

Nach dem Tode des Weizenreiter Mädei stiftete die Wittelsbacherin ein goldgefaßtes Eisenkreuz für den Frasdorfer Friedhof (im Bild rechts). Dieses wurde nach der Jahrhundertwende entfernt und durch ein Steindenkmal ersetzt.

Auch Adelgundes Familie nahm Anteil am Schicksal der Wassertrinkerin. Ihr Vater, König Ludwig I., besuchte sie schon im Münchner Allgemeinen Krankenhaus, wo er eine Erleichterung der Quarantäne erwirkte. (Siehe Protokolle des Kooperators Huber). Er kam auch nach Weizenreit, ebenso seine Söhne König Max II. und Luitpold, der spätere Prinzregent.

Abschied

Am 4. November 1884, halbzwölf Uhr mittags, ist Maria Furtner gestorben. Das Sterbebuch vermerkt: »61 Jahre und siebeneinhalb Monate alt. Todesursache Zehrfieber. Chirurg Dr. Seitz.«

Abgesehen von der Tragik, daß sie 52 Jahre nichts essen konnte, war sie in ihrem Leben nur dreimal ernstlich krank. Im Kindesalter überfielen sie die Blattern, als Zwanzigjährige mußte sie einen Gesichtsrotlauf überstehen. Die dritte Erkrankung führte zum Tod.

Der damalige Pfarrherr von Frasdorf, Dekan Joseph Lochner (1883 - 1895) schildert ihr letztes Lebensjahr:

Schon im vorigen Herbste klagte sie öfters über Unwohlsein; sie glaubte, sich heftig erkältet zu haben. Den Winter hindurch konnte sie weniger als sonst zur Kirche kommen, und ihr Aussehen wurde sichtlich schlechter. Im Mai d. J. erkankte sie ernstlich, wurde bettlägerig, das Wasser behagte ihr nicht mehr, es stellte sich häufiges Erbrechen ein. – Da sie wenig Wasser mehr trank, auch sonst nichts genoß, dazu sehr heftiges Fieber hatte, nahmen ihre Kräfte rasch ab, und in der 4. Woche des Juni erwartete ich ihre baldige Auflösung. Einen Arzt rufen zu lassen, lehnte sie entschieden ab, Medizin könne sie nicht nehmen. Am

24. Juni morgens fühlte sie einen heftigen inneren Schmerz, der ihr ein mehrmaliges lautes »Ach« auspreßte; es war, sagte sie, als ob ein starker Schnitt von unten nach oben gemacht würde. Als Bruder und Schwägerin, welche bei ihr wachten, auf den Schmerzensausruf herbeieilten, erzählte sie das Geschehene und verlangte bald darauf Suppe zu essen. Die Angehörigen wagten aber nicht, ihr solche zu geben, und fragten zuerst mich um Rat.

Zur frommen Erinnerung im Gebete
an die tugendsame
Jungfrau
Maria Furtner,
Bauerstochter von Weizenreuth,
gestorben am 4. November 1884, gestärkt durch die heiligen Sterbsakramente im 62. Lebensjahre.

„Mein Jesus, Barmherzigkeit.“
(100 Tage Ablaß.)
„Jesus, sanftmüthig und demüthig von Herzen, mache mein Herz wie dein Herz.“
(300 Tage Ablaß.)
„Süßes Herz Mariä, sei meine Rettung!“ (300 Tage Ablaß.)
Man bittet, die Abläße der lieben Verstorbenen zuzuwenden.

R. I. P.

Buchdruckerei „Wendelstein“, Rosenheim.

Ich sagte ihnen, sie sollten ihr nur Suppe geben, wenn sie danach verlangte, und ordnete auch an, daß ein Arzt gerufen werde, *wogegen die Kranke nichts mehr einwendete. Am anderen Tage schon erschien Dr. Seitz von Aschau, der sie bis zum Tode fortan behandelte. Das Essen hörte von da an nicht mehr auf; sie verlangte mehrmals am Tage und öfter auch nachts Suppe, meist Wasser- und Milchsuppe; nach Fleischbrühe trug sie weniger Verlangen. Fleisch behagte ihr gar nicht. Der Arzt versuchte Ernährung durch Fleischextrakt, der Versuch mußte sogleich aufgegeben werden. Auch Medizin und etwas Rotwein nahm sie gerne, Wasser trank sie nicht mehr viel. So erholte sie sich zwar nach dem oben erwähnten 24. Juni etwas, aber Fieber und große Mattigkeit blieben; das Atmen und Sprechen war niemals beschwert. Bemerken will ich noch, daß die Entleerungen vorher nur flüssig, jetzt ganz naturgemäß waren.*

Da sie keine Bewegung im Bette machen konnte, so mußte immer jemand in ihrer Nähe sein; eine Stunde lang konnte sie selten, ohne umgewendet zu werden, liegen bleiben. Wunden, vom Durchliegen entstanden, heilten aber auch wieder. Oft verlangte sie nach Speisen, die sie noch nie gegessen, um deren Geschmack kennenzulernen, so besonders nach Obstarten.

Der Tod trat ziemlich unerwartet ein. Schon am 2. und noch mehr am 3. d. M. zeigte sich Katarrh und erhöhtes Fieber; da aber ähnliche Erscheinungen im Verlaufe der Krankheit öfter aufgetreten waren, wurde weniger Gewicht darauf gelegt. Am Morgen des 4. November war ihre Stimme noch sehr kräftig, im Laufe des Vormittages verlor sie fast plötzlich Sprache und Bewußtsein; es war wohl eine Lungenlähmung eingetreten. Etwa zwei Stunden schlummerte sie so in Agonie fort, bis um halb 12 Uhr der Tod eintrat. Ich war an jenem Tage auf der Filiale und eilte, als mir bei der Heimkehr Meldung von der Gefahr ge-

macht wurde, an das Sterbebett, kam aber um wenige Minuten zu spät.

Der jetzige Grabstein im Frasdorfer Friedhof (Anmerkung zur Neuauflage des Buches 1986: Der Grabstein soll durch das inzwischen aufgefundene ursprüngliche Eisenkreuz ersetzt werden. Siehe Abbildung Seite 58.)

»Von Täuschung kann keine Rede sein«

»... Zeugnisse von Ärzten, Geistlichen und Beamten bestätigen die Richtigkeit der Tatsache, daß Maria Furtner seit 11 Jahren nur Wasser genieße... (wurde) 5 Wochen lang genau beobachtet, worauf der Herr Krankenhausdirector ihr das Zeugnis ertheilte, daß sie während dieser Zeit bloß von Wasser gelebt und keine Fäcalausleerungen gehabt habe ...« So hatte der Universitätsprofessor Dr. Philipp von Walther über die 1843 von ihm geleitete Untersuchung der Maria Furtner in München geschrieben.

Universitätsprofessor Dr. Karl Emil von Schafhäutl berichtete im Jahre 1885:

Die Frasdorfer Pfarrer Johann Nepomuk Betsching (1862 - 1878) und Theodor Kranzfelder (1878 - 1883), die Maria Furtners Beichtväter waren und ihren Seelenzustand genau kannten, erklärten einstimmig mit ihrer vollsten Überzeugung, daß bei einer so einfachen, von dem Umgang der Welt so abgeschlossenen, kindlich-frommen Natur eine Falschheit, eine Verstellung undenkbar sei. »Weshalb betrügen?«, fragt Pfarrer Betsching. »Niemand betrügt so lange umsonst. Das Mädchen will und braucht von niemand etwas, und die Ihrigen sind die einfachsten Landleute ohne alles Falsch.« Das Mädchen lebte mehrere Jahre lang in derselben Weise, ohne daß die Hälfte der Pfarrei etwas davon wußte. Aufmerksam darauf wurde man erst anfangs der fünfziger Jahre, wie schon erwähnt, durch den praktischen Arzt Dr. Ramis, der die Sache durch den Dr. Zettl nach München berichtete.

Theodor Kranzfelder

Im Dorfe und in der Umgebung desselben fällt es niemand ein, an der Aufrichtigkeit dieser Person zu zweifeln; ja, es ist übrigens kaum glaublich, daß eine durch 45 Jahre andauernde Verstellung irgendeiner so allbekannten Person, die vom ersten Tage an ununterbrochen mit einer Umgebung von Hunderten samt ihrer Familie täglich in Berührung stand – daß ein Betrug solcher Art unentdeckt bleiben könnte…

Dekan Joseph Lochner schließlich, der Maria Furtner in ihren letzten Lebensjahren betreute, bekräftigte diese Aussagen mit Nachdruck:

Die Tatsache, daß Maria Furtner die längste Zeit ihres Lebens hindurch wirklich nur vom Wasser lebte und keine Speise genoß, steht für mich durchaus fest. Schon ihr einfaches, bescheidenes Auftreten, das Fernsein von jeglicher Überspanntheit, der Umstand, daß sie mit lästigen Neugierigen nur ungern von ihrem Zustande sprach, sind Beweise dafür. Ich glaube viel leichter, daß sie nur von Wasser lebte, als daß ein Betrug eine solche Reihe von Jahren hindurch hätte verborgen bleiben können. Ersteres halte ich für kein Wunder, wenn auch die Wissenschaft in ihrem gegenwärtigen Stande keine Erklärung zu geben vermag, letzteres aber wäre in der Tat ein ganz imposantes Wunder...

Ich spreche es hiermit noch einmal ganz bestimmt aus, daß von einem Betruge oder einer Täuschung bei Marie nicht die Rede sein kann. Solche Dinge durch einen Machtspruch a priori abtun zu wollen, halte ich weder für logisch noch für vernünftig.

Joseph Lochner

Kooperator Anton Huber

Die Frasdorfer nannten ihn anfangs »Pater Anton«, weil er wegen eines hartnäckigen Halsleidens auf fachärztliches Anraten hin einen Vollbart trug. Diesen mußte er auf Anordnung des Ordinariats wieder abnehmen lassen. »Als ich bartlos auf die Kanzel stieg, um die Maiandacht vorzubeten, hielten mich die Leute für einen fremden Geistlichen. Erst als ich den Mund aufmachte, erkannten sie mich an der Stimme. Alle haben gelacht und ich auch.«

1935 wurde Kooperator Huber aus gesundheitlichen Gründen nach München versetzt. »Dort habe ich mich als Kanzleisekretär beim Erzb. Ordinariat mit lauter Protestschreiben gegen die Übergriffe des Hitlerregimes nervlich aufgearbeitet.« Ab 1938 wirkte er als Landpfarrer in Großinzemoos bei Dachau, ab 1946 in Tondorf, nahe Landshut, wo er heute noch lebt.

Die Ermittlungen des Kooperators Anton Huber

Als der junge Geistliche am 30. Januar 1933 nach Frasdorf kam, war Maria Furtner schon fast 50 Jahre tot. Auf Weizenreit lebten ihre Nichte und ihr Neffe, Elisabeth und Andreas Furtner, die im familiären Zusammensein mit der Tante aufgewachsen waren.

Kooperator Huber unternahm es nun, deren Erinnerungen sowie Aussagen anderer alter Frasdorfer in regelrechten Protokollen zusammenzufassen. Alle Gewährsleute ließ er »auf Ehr und Gewissen« unter Beisein von Zeugen unterschreiben.

Das Ergebnis seiner Recherchen sandte der Kooperator dem an mystisch erscheinenden Begebenheiten interessierten Benediktinerpater Stephan Kainz vom Kloster Scheyern. Sie sollten als Unterlagen dienen für einen Artikel im »Rosenheimer Sonntagsblatt«.

Aus dem erhaltenen Briefwechsel geht hervor, daß Kooperator Anton Huber den schriftstellerisch tätigen Ordensmann dazu animieren wollte, ein Lebensbild der Wassertrinkerin zu verfassen und als Broschüre erscheinen zu lassen: »... ich würde dann gern hier hausieren gehen damit. 100 Stück denke ich, würde ich verkaufen können« schreibt Kooperator Huber, und weiter:

»Damit wäre einer etwaigen Legendenbildung für alle Zukunft vorgebeugt.«

Kooperator Hubers Wunsch ging nicht in Erfüllung. Weder erschien der Artikel im »Sonntagsblatt«, noch konnte sich der Scheyerner Pater zu einer Broschüre entschließen. Er ließ durchblicken, warum: Bei den neuen Machthabern galten derartige Veröffentlichungen als unerwünscht.

(Wieder vergingen 50 Jahre und nun freut sich der Herausgeber, dem ehemaligen Frasdorfer Kooperator den Versuch eines Lebensbildes der Maria Furtner vorlegen zu können. Der alte Herr lebt in Tondorf bei Landshut. Er braucht mit dem Büchl nicht »hausieren gehen«.)

Andreas Furtner, Weizenreiterbauer, und seine Schwester Elisabeth, Neffe und Nichte der Wassertrinkerin. Die Lis war viele Jahre Sennerin.

Gewährspersonen

Elisabeth und Andreas Furtner waren elf und zwölf Jahre alt, als ihre Tante Maria starb. Es kann also nur ein Teil ihrer Mitteilungen auf eigenem Erleben fußen. Verschiedene Einzelheiten haben sie sicherlich aus Erzählungen ihrer Eltern in Erinnerung behalten.

Die Geschwister stellten sich gesondert der Befragung durch Kooperator Anton Huber. Gleichlautende Passagen sind in den folgenden Protokollen nicht wiederholt. Weggelassen wurden auch Geschehnisse, die in vorausgegangenen Bezeugungen, jener der Frasdorfer Pfarrherren beispielsweise, bereits geschildert sind.

Andreas Furtner:

Am liebsten war sie immer allein. Aber deshalb war sie durchaus kein Sonderling. Wenn sie jemand auf dem Kirchweg getroffen hat oder wenn jemand zu ihr zu Besuch kam, dann hat sie sich recht gern unterhalten. Aber das Leut-Ausrichten, das konnte sie nie leiden.

★

★

Also gegessen hat sie nie etwas, aber das Wasser hat sie jeden Tag getrunken. Das Wasser hat sie sich selber geholt und zwar hat sie gewöhnlich aus drei Quellen geschöpft. Bald bei der einen, dann wieder bei der anderen. Die eine Quelle war gleich beim Haus dort, die zweite war die von der Rettenwand und die dritte war neben der Straße »von der Brücke etwas aufwärts in der Richtung nach Zellboden, linker Hand.« ... Gewöhnlich hat sie jeden Tag 3 mal Wasser getrunken. Nicht auffallend viel, ungefähr soviel, was andere Leute auch an Flüssigkeit zu sich nehmen. Im Sommer, wenn es recht heiß war, etwas mehr und im Winter weniger.

★

Jeden Morgen ist sie in die Kirche gegangen. Daheim konnte sie keine schweren Feldarbeiten verrichten. Gearbeitet hat sie nur an Werktagen.An Sonntagen hat sie nicht einmal das Strickzeug angerührt.

★

Die Wassertrinkerin hat oft gekocht... sie hat einfach geschaut, was die anderen für ein Quantum Salz usw. hernehmen, genau so viel hat sie dann auch hergenommen. So hat sie ganz gut gekocht. Probiert hat sie nie etwas. Wenn die Leute dann zum Essen gekommen sind, dann ist sie in ihre Kammer gegangen und hat eine Stunde lang Betrachtung gehalten.

★

★

Wie die Wassertrinkerin in München in der Klinik zur Untersuchung war, da bekam sie einmal von König Ludwig I. Besuch. Sie beklagte sich beim König, daß sie so eingesperrt sei. Die Fenster waren versiegelt, es wurde nie gelüftet. Sie sagte, das halte sie nicht aus, sie möchte wieder einmal etwas frische Luft. Der König hat ihr dann die Erlaubnis erwirkt, daß sie alle Tage unter Aufsicht der Barmherzigen Schwestern etwas spazieren gehen durfte. Später, wie die Wassertrinkerin dann wieder daheim war, hat sie der König auch einmal in Weizenreit besucht, von Wildenwart her. Auch die Herzogin von Modena kam einmal mit ihrem Bruder, dem König Max II., zu ihr nach Weizenreit zu Besuch.

★

Die letzten Tage ihres Lebens war sie bewußtlos. Der Kopf war furchtbar aufgetrieben. Sie ist auch nicht mehr zu Bewußtsein gekommen... Ich war am Vormittag in der Schule, um 11 Uhr ist sie ausgewesen, da bin ich gleich heimgelaufen. Unterwegs habe ich den Hans getroffen, das war der Bruder der Wassertrinkerin. Der Hans hätte den Herrn Pfarrer geholt, weil die Wassertrinkerin in den letzten Zügen lag. Der Herr Pfarrer war aber nicht daheim gewesen. Wir gingen also heim. Die ganze Familie war um das Sterbebett versammelt. Um halb 12 Uhr mittags ist dann die Wassertrinkerin verschieden. Der Herr Pfarrer kam nicht mehr recht.

★

★

4 mal war sie in ihrer Krankheit versehen worden, einmal vor St. Johanni, das 2. mal am Margarethentag, am Patrozinium, wegen des Ablasses, dann noch 2 mal. Das letzte mal etwa 14 Tage vor dem Sterben.

★

Kurz nachdem sie verschieden war, haben wir den Herrn Pfarrer den Berg heraufkommen sehen. Mein Vater ist ihm entgegen gegangen, am Wetterkreuz sind sie zusammengekommen. Der Pfarrer hat gesagt: »Also fortbringen lassen wir den Leichnam auf keinen Fall. Wenn der Herr Dr. Seitz von Aschau den Leichnam sezieren will, dann soll er ihn daheim im Haus sezieren. Aber du und der Hans geht hinein und schaut zu, damit nichts Unpassendes vorkommt!«

Herr Dr. Seitz hat dann den Leichnam auch seziert. Der Vater ist nicht hineingegangen, er ist aber in der Nähe geblieben. Zugeschaut hat nur der Hans... Die Organe waren alle normal, hat der Herr Doktor dann gesagt. Gefunden hat er nur in der Magengegend herum zwei bräunliche, würfelförmige Steine. Die Steine waren mehr breit als hoch, auch waren sie mehr rund als eckig. Diese zwei Gebilde hat der Herr Dr. Seitz mit nach Aschau genommen. Was er damit getan hat, das weiß ich nicht. Wir haben uns darum nicht mehr gekümmert.Nur der Herr Pfarrer hat geschimpft, daß der Hans und der Vater das zugelassen haben. Der Herr Dr. Seitz hätte die Steine mit in den Sarg hineinlegen sollen.

Nach dem Tod hat es der Wassertrinkerin die Füße ganz heraufgezogen. Herr Dr. Seitz hat darum dem Leichnam unter den Knien die Sehnen durchgeschnitten, damit er wenigstens gerade in den Sarg hineingelegt werden konnte.

Der Vater des Protokollsprechers,
Andreas Furtner d.Ä., ein Bruder der
Wassertrinkerin.

Für die Wahrheit vorstehender Angaben stehe ich ein mit meiner Ehre und mit meinem Gewissen. Ich könnte sie jederzeit beschwören.

Weizenreit, den 1. Dezember 1934

gez. Furtner Andreas,
Weizenreiterbauer

Zeugen: Ant. Huber, Kooperator, Furtner Elisabeth, Kaiser Georg, Pertl Josef, Gasbichler Andreas.

Elisabeth Furtner:

Wie die Wassertrinkerin plötzlich nichts mehr gegessen hat, da sind unsere Leute zu verschiedenen Ärzten gegangen. Die haben aber auch nicht gewußt wie das kommt, daß das Mädl nichts mehr ißt. Sie hat die verschiedensten Medizinen bekommen, aber es hat nichts geholfen. Sie bekam einfach keinen Appetit. Schließlich haben unsere Leut das Herumdoktern aufgegeben. Mit der Zeit hat man das ganz gewöhnt, daß das Mädchen nichts ißt. Niemandmehr hat sich dabei etwas Besonderes gedacht. Man hat halt gesagt: Das Weizenreiter Mädei ißt halt nichts.

★

Wenn jemand gekommen ist, der sie sehen wollte, dann ist sie meistens davongelaufen. Das Angegafftwerden hat sie nicht mögen. Fremden Leuten gegenüber, besonders bei Städtern, war sie furchtbar schüchtern. Nur wenn die Herzogin von Modena gekommen ist, dann ist sie dageblieben. Die Herzogin hat sie schon besser gekannt. Die Herzogin hat auch das eiserne Grabkreuz gestiftet, das dann an ihrem Grabe aufgestellt wurde.

★

In München haben ihr die Ärzte einmal eine nichtkonsekrierte Hostie, in Wasser aufgelöst, gegeben. Die Wassertrinkerin wußte nichts davon, mußte aber sofort brechen.

★

★

Seit Mai 1884 war sie schon krank. Großenteils mußte sie das Bett hüten. Diese Wochen mußte sie sogar das Wasser brechen. Ganz grün ist es heraufgekommen. Dieser Zustand dauerte einige Wochen. Dann, am Johannitag, vom 23. auf den 24. Juni um Mitternacht, ich bin selbst dabei gewesen, da hat sie plötzlich geschrien: »Ach, ach, ach!« Der Vater ist zu ihr ans Bett gegangen. Sie hat gesagt: »Jetzt ist es gewesen, wie wenn jemand mit einem Messer am Bauch heraufgefahren wäre.« Sie war sterbenskrank in der Nacht. Auf einmal sagte sie: »Jetzt möchte ich eine Suppe.« Der Vater hat gesagt: »Da muß ich schon zuerst den Herrn Pfarrer fragen, ob wir ihr was geben dürfen.« Nach 4 Uhr ist der Vater dann nach Frasdorf hinuntergegangen. Er hat dem Herrn Pfarrer den Weg abgepaßt, wie er vor 5 Uhr in den Beichtstuhl gegangen ist. Er hat ihm alles erzählt und gefragt, was wir tun sollen. Der Herr Pfarrer hat gesagt: »Wenn sie eine Suppe will, dann gebt ihr eine. Jetzt habe ich unmöglich Zeit, aber nach der Kirche komme ich dann sofort hinauf.« Die Mutter hat dann eine Semmelsuppe gekocht. Die hat das Mädei gegessen. Von da ab hat sie dann alles mögliche verkostet. Sie hat guten Appetit gehabt, aber alles ist wieder durchgegangen, wie es gegessen worden ist. Da haben unsere Leute viel zu waschen gehabt, darum wollten sie niemand mehr hineinlassen zur Wassertrinkerin, aber die Leute haben ihr verstohlens doch immer wieder was gebracht... Beim Martl in der Ebnat habens einmal gekochte Zwetschgen gebracht. »Sind die gut, sind die gut!« hat das Mädei immer wieder gesagt... Aber samt dem Essen ist sie nicht mehr viel gewesen.

★

★

Früher hat sie nie Stuhlgang gehabt. Wie sie dann das Essen wieder angefangen hat, ist der Stuhlgang auch wieder gekommen.

★

Die Wassertrinkerin hat immer gefürchtet, daß man sie nach ihrem Tod nach München zum Sezieren bringen werde. Immer wieder hat sie den Vater mit aufgehobenen Händen bitt', er soll es nicht zulassen, daß ihr Leichnam fortgebracht wird. Auch den Herrn Pfarrer Lochner hat sie immer wieder darum gebeten, daß er das nicht dulden soll.

★

Elisabeth Soyer, Bäckermeistersgattin von Frasdorf, geb. 1861, berichtet:

Für meine Schwester, die in Dietramszell ins Kloster eingetreten ist, hat das Weizenreiter Mädei die ganzen Strümpfe gestrickt, die sie ins Kloster mitbekommen hat.

Die Firmpatin vom Mädei hat meiner Mutter Folgendes erzählt: Sie hat zum Kind gesagt: »Ich mache deine Patin nur unter der Bedingung, daß du am Firmungstag richtig ißt.« Das Mädchen hat also essen müssen. Es hat dann furchtbare Schmerzen bekommen. Es hat sie gewürgt, bis schließlich das ganze Essen wieder gebrochen war. Und so schlecht war das Mädchen daraufhin beisammen, daß man gemeint hat, es gehe mit ihm zu Ende. Die Patin hat immer gesagt, das hat sie ihr Leben lang gereut, daß sie das Mädchen zum Essen gezwungen hat.

Sie ist gern nach Kirchwald wallfahrten gegangen. Dabei hat sie in Grainbach und in Kirchwald aus den Quellen Wasser geschöpft, aber es hat ihr nicht jedes Wasser gleich gut geschmeckt. Wie die Bauern wissen, wo es das beste Bier gibt, so hat das Mädei gewußt, wo es das beste Wasser gibt.

Um das Jahr 1860 herum war ein gewisser Herr Joh. Baptist Hündl Kooperator in Frasdorf. Dieser Herr hat die Wassertrinkerin oft an der Kommunionbank abgespeist. Die konsekrierte Hostie mußte sie sonderbarer Weise nie brechen. Um zu sehen, ob sie die nichtkonsekrierte Hostie auch behalten kann, hat ihr der Kooperator an der Kommunionbank einmal eine solche gereicht. Die Wassertrinkerin hatte keine Ahnung. Bald darauf würgte es sie furchtbar und mußte die Hostie wieder brechen.

Der gleichzeitig anwesende Bruder von Frau Soyer, Johann Mayer, Steinvater von Laiming, geb. 1858, bestätigt die Angaben seiner Schwester und fügt hinzu:

Ich kann sie mir noch genau vorstellen. Sie hat einen etwas dikkeren Hals gehabt wie die anderen Leute, aber sonst hat sie eigentlich immer gut ausgesehen. Das hätte ihr niemand angekannt, daß sie nichts ißt. Mager ist sie erst geworden vom Juni 1884 ab, wo sie wieder mit dem Essen angefangen hat. Zuerst, wo sie nichts gegessen hat, da hat ihr kein Mensch etwas angekannt.

Frasdorf, den 4. Dezember 1934
Elisabeth Soyer
Johann Mayer

Zeugen: Koop. Huber, Soyer Georg.

Georg Kaiser, Frasdorf, geboren 1863.

Sie hat meistens einen großen, schwarz-weiß gestückelten Schal umgehabt. Dieser war damals Brauch. Um den Hals herum hatte sie ein Tüchlein gebunden. Die Frauen sind überhaupt noch nicht mit bloßem Hals herumgelaufen. Außerdem hat die Wassertrinkerin einen Kropf gehabt, den wollte sie jedenfalls auch nicht gern sehen lassen.

Wie ich noch Ministrant war, habe ich öfters fremde Geistliche, die zu Fuß von Prien hergekommen sind um die Wassertrinkerin zu sehen, auf Weizenreit hinaufführen müssen. Das Mädei hat zwei Zimmerl gehabt, die waren blau angestrichen. In der Stube ist immer ein kleines Haferl voll Wasser dringestanden... Am 5. November habe ich dann den Sarg für die Wassertrinkerin gemacht.

Frasdorf,
den 10. Dezember 1934
Georg Kaiser

Zeugen: Koop. Anton Huber, Kaiser Maria, Kaiser Bartholomäus.

Ludwig Eder, Bezirksschulrat, Frasdorf, gab eine Erzählung seines Vaters zu Protokoll:

Mein Vater, Anton Eder, war um 1855 herum in Hörzhausen bei Schrobenhausen als Hilfslehrer angestellt. Als solcher verkehrte er öfter in Gesellschaft von Beamten. Einmal saßen die Herren wieder im Wirtshaus bei einem Glas Bier. Da erzählte der Hilfslehrer von der Frasdorfer Wassertrinkerin. Er war früher in Eisenärzt Hilfslehrer gewesen und hatte dort von der Wassertrinkerin gehört. Die Herrn Beamten riefen wie aus einem Munde: »Das ist ein Unsinn! Solches Blech können Sie nicht unter gebildeten Leuten erzählen!« Am Nachbartisch saß ein Hausierer. Er hörte, wie die Beamten den Hilfslehrer abfahren ließen. Er steht auf, geht zum Tisch der Beamten hin, zieht seinen Geldbeutel heraus und legt ihn auf den Tisch. Dann sagt er zu den Herren: »Meine Herrn! Sie sehen, in diesem Geldbeutel sind hundert Gulden. Wenn das, was der junge Herr da von der Wassertrinkerin von Frasdorf erzählt hat, nicht wahr ist, dann gehören diese hundert Gulden Ihnen. Sie brauchen zusammen nur zehn Gulden setzen. Wer von den Herren schlägt ein? Dann wollen wie die Sache nachprüfen!« Eingeschlagen hat niemand. Die hundert Gulden haben den Herren soviel Respekt eingejagt, daß sie die Sache nicht mehr zu bestreiten wagten.

Frasdorf, den 7. Dezember 1934
Ludwig Eder
Christine Eder, Schwester.

Daß Herr Schulrat Ludwig Eder vorstehende Angaben gemacht und mit eigener Hand unterschrieben hat, bestätigen als Zeugen: Koop. Anton Huber, Amalie Neumaier.

Beobachtungen bei der Graböffnung im Jahre 1901

Johann Wollschlager, Martlbauer von Ebnat.
Wenn bei uns in der Pfarrei jemand stirbt, so müssen nach altem Brauch die beiden nächsten Nachbarn das Grab schaufeln. Im März 1901 starb mein Nachbar Johann Furtner. Es traf mich und den Aicher Kaspar, Schuster von der Ebnat, das Grab auszuheben.

Beim Graben kamen die Überreste der Leiche der Wassertrinkerin zum Vorschein. Vom Sarg waren nur noch verfaulte Bretterreste übrig, das Fleisch war auch verfault. Es war halt gerade so, wie bei anderen Gräbern auch. Plötzlich kam aber etwas zum Vorschein, was wir in anderen Gräbern noch nie gesehen hatten.

Johann Wollschlager

Kaspar Aicher

An der Schädeldecke waren die Haare noch vollständig unversehrt. Sie waren etwa 30 cm lang und von graubrauner Farbe. Und über den Haaren lag der Jungfrauenkranz, den man der Toten mit ins Grab gegeben hatte. Auch dieser war vollständig unversehrt. Wir nahmen die Schaufel und hoben den Kranz vorsichtig heraus. Im Innern bestand der Kranz aus Draht. Dieser Draht war mit wachsgetränkten grünen Papierblättern umflochten. Außerdem waren vorn noch weiße Blüten und Knöpfe dran. Der Kranz war so frisch, wie wenn er tags zuvor erst beim Krämer gekauft worden wäre. Wenn man den Kranz erst vor einer Stunde ins Grab gelegt hätte, dann hätte er nicht schöner und frischer sein können.

Wie wir den Kranz aus dem Grabe hoben, da kam gerade ein Hausierer daher, ein großer Mensch mit Vollbart. Der hat auch den Kranz angesehen und konnte sich gar nicht fassen vor lauter Staunen. Auch andere Leute sind noch gekommen und haben den Kranz angesehen. Manche haben gemeint, man sollte ihn doch aufheben. Aber mit der Hand wollte den Kranz doch niemand anrühren. Und dann, wer hätte den Kranz aufgehoben und wo? So haben wir den Kranz schließlich zu den Knochen dazugelegt und mit Erde überdeckt. Und nach der Beerdigung des Furtner Johann haben wir den Kranz und die Knochen wieder ins Grab hineingeworfen.
Vorstehende Angaben können wir jederzeit beschwören.

Frasdorf, den 10. Oktober 1934
Johann Wollschlager
Kaspar Aicher

Zeugen: Koop. Huber, Rosa Wollschlager.

Der Fall Maria Furtner im Lichte der heutigen Medizin

Von Dr. med. Emeran Mayer

Dank der vorliegenden fast lückenlosen Dokumentation und der erhaltenen Gutachten der Mediziner von Walther, von Gietl und von Ringseis ist es möglich, den Fall ·Maria Furtner im Lichte der heutigen Medizin neu aufzurollen. Erlauben 100 Jahre Fortschritt der modernen naturwissenschaftlichen Medizin, den Fall heute leichter zu erklären, als zu Lebzeiten der Wassertrinkerin?

Maria Furtner, geb. 1823, war ein gesundes, 11 jähriges Mädchen mit normaler körperlich geistiger Entwicklung, ohne nennenswerte Vorerkrankungen oder bekannte Erkrankungen in der engeren Familie, als sie und mehrere ihrer Geschwister 1834 an Pocken erkrankten. Nach einem portrahierten Verlauf über 12 Monate, entwickelte die Patientin eine fortschreitende Abneigung gegen feste Nahrung und reduzierte ihre tägliche »Nahrungsaufnahme« schließlich auf durchschnittlich 1,25 l klares Quellwasser (in drei täglichen Portionen), regelmäßige Hostieneinnahme (zwei bis drei Mal wöchentlich) und gelegentliche Einnahme von frischem Birkensaft im Frühling.

Die vorliegenden Dokumente, einschließlich der Zeugenaussagen über die Glaubwürdigkeit der Patientin, legen nahe, daß dies während der folgenden 50 Jahre die einzige Nahrung der Patientin war. Eine einmalige, erzwungene Nahrungseinnahme am Tag ihrer Firmung führte zu heftigen Bauchschmerzen. Abgesehen von einer Erkrankung an »Gesichtsrotlauf« im Alter von 20 Jahren, war die Patientin während dieser gesamten Zeit offenbar ohne spezifische Erkrankungen oder Mangelerscheinungen.

Es fehlen Hinweise über Kälteintoleranz und offenbar hatte sie eine regelmäßige Periode. Erwähnenswert ist eine beschriebene Muskelschwäche und ein erhöhtes Schlafbedürfnis. Hinweise über die körperliche Belastbarkeit sind widersprüchlich, legen jedoch eine deutlich verminderte Leistungsfähigkeit nahe. Die Patientin wird als eine religiöse, schüchterne, eher introvertierte Frau ohne Hinweise für psychische Symptome beschrieben, die Hausarbeiten, einschließlich Kochen, verrichtete und sich täglich ein bis zwei Stunden zu religiösen Betrachtungen in ihre Kammer zurückzog. Sie war unverheiratet und Schwangerschaften werden nicht erwähnt.

Eine insgesamt fünfwöchige Untersuchung an der Münchner Universitätsklinik im Jahre 1843 fand die 20 jährige Patientin von kleiner, zierlicher Statur, einem der Körpergröße entsprechenden Gewicht (43,7 kg) und einer stark erniedrigten Körpertemperatur (31,8°C). Erwähnt wird eine Schilddrüsenvergrößerung. Obwohl während einer fünfwöchigen strikten Isolation ihr Gewicht nur um 1 kg fiel, wird sie nach ihrer Entlassung als stark abgemagert beschrieben. Während der gesamten Beobachtungszeit hatte die Patientin keinen Stuhlgang, jedoch eine normale Urinausscheidung.

Im Mai 1884 wurde Maria Furtner nach vorausgehender sechsmonatiger grippeähnlicher Beschwerden bettlägerig mit erhöhten Temperaturen und verweigerte zeitweise auch flüssige Nahrungsaufnahme. Etwa einen Monat später hatte sie einen einmaligen, kurzzeitigen starken Bauchschmerz, nach dessen Abklingen sie in zunehmendem Maße wieder zu essen begann. Obwohl weiterhin Fieber und Schwäche bestanden, nahm die Patientin normales Essen, zuweilen auch Rotwein zu sich und entwickelte wieder Stuhlgang in Form von Durchfall und Abgang unverdauter Nahrungsbestandteile. Am 4. November 1884 verlor sie das Bewußtsein. Der Autopsiebefund ist schlecht dokumentiert; es wird außer »Steinen« in der Magengegend (wahrscheinlich Gallensteine) nichts Ungewöhnliches erwähnt. Eine Öffnung des Grabes, 17 Jahre nach ihrem Tod, ergab einen überraschenden Befund: Außer dem Skelett war die Kopfhaut mit Haaren vollkommen erhalten, dazu ein aus Papierblättern gefertigter Jungfrauenkranz.

Diese auf Fremdbefunden beruhende Krankengeschichte läßt sich grundsätzlich in drei Richtungen analysieren:

1. Aufdeckung eines medizinisch – kausalen Zusammenhangs mit einer bestimmten Erkrankung oder einer ungewöhnlichen Körperphysiologie,

2. ein kriminalistischer Erklärungsversuch durch Aufdecken der Unwahrheit der überlieferten Geschichte oder

3. ein Hinausschieben der Entscheidung auf ein »Noch – nicht – Erklärbares« oder schlechthin auf ein »Wunder«.

Ohne auf differentialdiagnostische Details einzugehen, läßt sich anhand der vorliegenden »harten« Daten und der erhaltenen Bilder der Maria Furtner folgende »Diagnose« rekonstruieren:

Die »Wassertrinkerin« hatte eine primäre Schilddrüsenunterfunktion mit stark erniedrigtem Grundumsatz, möglicherweise mit zusätzlicher nervöser Magersucht. Kurz vor ihrem Tod erlebte sie offensichtlich eine Gallenblasenentzündung und bei der Autopsie wurden Gallensteine gefunden. Ist das eine hinreichende Erklärung für die ungewöhnliche Ernährungsweise? Nach dem heutigen Stand der Wissenschaft muß man dies kategorisch verneinen. Erfahrungen mit Menschen im Hungerstreik, die mit Flüssigkeit allein nicht länger als vier bis sechs Wochen am Leben erhalten werden, sind da der beste Vergleich. Zugegeben, der Grundumsatz der Patientin war möglicherweise stark erniedrigt; wie man heute weiß, kann sich bei Patienten mit nervöser Magersucht der Grundumsatz bis auf ein Drittel des normalen erniedrigen. Ein jahrelanges Funktionieren des Körpers ohne Kalorieneinnahme kann jedoch auch damit nicht erklärt werden. Die physikalisch-chemischen Erklärungsversuche des Geheimen Rats Dr. von Walther, obwohl originell, sind nach heutiger Erkenntnis nicht haltbar.

Erklärungsversuch Nummer 2: Einiges läßt im vorliegenden Krankheitsfall vermuten – und das trotz mehrmaliger Dokumentierung der Rechtschaffenheit der Bauerstochter – daß sie mehr als die täglichen 1,25 l Wasser zu sich nahm. Die »Wassertrinkerin« kochte häufig und hatte damit regelmäßigen unbeobachteten Zugang zu Lebensmitteln. Sie zog sich täglich zu einsamen Betrachtungen zurück und hatte dadurch die Möglichkeit, heimlich zu essen. Laut Mitteilung des Verfassers der vorliegenden Lebensbeschreibung der Maria Furtner, behauptete sogar ein einzelner Frasdorfer Bürger, daß sie ab und zu ein Hühnerei zu sich genommen hätte.

Die Isolation in der Münchner Klinik wurde bereits nach drei Wochen wieder liberalisiert und die Patientin durfte in Begleitung einer Krankenschwester spazieren gehen – und wie berichtet, kehrte sie stark abgemagert nach Frasdorf zurück. Und als sie schließlich gegen Lebensende bettlägerig wurde (also keine Möglichkeit mehr hatte, sich heimlich zu ernähren) begann sie wieder zu essen. Sekundärer Krankheitsgewinn dieses eigenartigen Verhaltens? Immerhin hat es ihr die Aufmerksamkeit und persönliche Bekanntschaft des Königs Ludwig I. und der Herzogin von Modena eingebracht. Analoge Beispiele aus der heutigen Medizin sind nicht selten: Die kategorisch verleugnete heimliche Tabletteneinnahme mit der Folge schwerster, lebensgefährlicher Nebenwirkungen und das kategorisch verleugnete übermäßige Essen bei Fettsüchtigen, um nur zwei Beispiele zu nennen; psychoanalytische Erklärungsversuche dieser Fehlverhaltensweisen gibt es genug.

Ist man nicht bereit, dem »Weizenreiter Mädei« eine derartige Schwindelei zu unterstellen, bleibt nur noch der Glaube an ein übernatürliches, nicht erklärbares Phänomen, oder, einfacher ausgedrückt, an ein Wunder. Möglicherweise haben sowohl ihre Zeitgenossen, wie auch manche Leser dieses Büchleins dieser »Erklärung« den Vorrang gegeben. Und einiges aus der vorliegenden Geschichte verleiht dieser Möglichkeit Gewicht: Die ausgeprägte Religiosität mit den täglichen »Betrachtungen«, die Assoziationen an die mystischen Meditationen eines Meister Eckehart hervorruft, die unerklärbare körperliche Reaktion auf eine ungeweihte Hostie und schließlich der wunderbar anmutende Befund bei der Exhumierung.

In einer Zeit, wo sich in der gesamten westlichen Welt immer mehr Leute – auch Mediziner – ernsthaft mit Phänomenen wie Erdstrahlung und Wünschelruten, Handauflegen, tibetanischem Okkultismus und indianischem Shamanismus beschäftigen, sollte man auch einer solchen wunderbaren Geschichte offen gegenüberstehen. Lange genug hat die moderne westliche Wissenschaft (im Gegensatz zu östlichen Denkern) die physikalisch-chemisch nicht erklärbaren Dinge in ihrer Existenz verneint.

Vielleicht wird man nach weiteren 100 Jahren weniger Schwierigkeiten haben, den vorliegenden Sachverhalt zu verstehen, vorausgesetzt, daß bis dahin die Geschichte vom »Weizenreiter Mädei« nicht in Vergessenheit geraten ist.

Los Angeles 1984

Nachwort

Hat Maria Furtner wirklich 50 Jahre hindurch nur von Wasser gelebt? Dr. Emeran Mayer wie auch andere Mediziner, denen ich das Manuskript zu diesem Buch vorlegte, halten es für unmöglich. Was ist nun von Berichten jener Menschen zu halten, die in Weizenreit mit der »Wassertrinkerin« zusammenlebten, von den Bezeugungen der Ärzte, die sie untersuchten?

Fünf Wochen befand sie sich im Münchner Allgemeinen Krankenhaus unter strengster Aufsicht. Sie lag in einer der obersten Etagen; selbst die Fensterflügel waren versiegelt, wer zur Türe herein- oder hinausging, stand unter peinlich genauer Kontrolle. Als der König nach seinem Besuche erwirkte, daß die Eingesperrte täglich für eine Stunde das ungelüftete Zimmer verlassen und im Garten spazierengehen darf, wichen zwei Krankenschwestern auftragsgemäß nicht von ihrer Seite. Haben diese vielleicht ihrem Schützling heimlich Nahrungsmittel zugesteckt? Wer das Samariterwerk der Barmherzigen Schwestern und ihr pflichtgetreues Verhältnis zur Frau Oberin kennt, so Professor von Schafhäutl, »wird sich kaum versucht fühlen, die uneigennützigen Pflegerinnen zu meineidigen Betrügerinnen zu stempeln.«

Professor Dr. von Ringseis, seinerzeitiger Direktor des Krankenhauses, vermerkt ausdrücklich, daß das Mädchen während

34 Tagen »bloß von Wasser gelebt und keine Fäcalausleerungen« gehabt habe. Diese Tatsache ist sozusagen amtlich festgestellt. Zu erklären war sie (wie heute) allerdings nicht, darum hat man sie der Vergessenheit überlassen.

Nun ist bekannt, daß Menschen unserer Zeit, die in den Hungerstreik treten, in Ausnahmefällen in der Lage sind, diesen bis zu fünf Wochen auszudehnen. Nach dem Abbruch aber ist deren körperliche Verfassung äußerst bedenklich, während unsere Zwanzigjährige Kraft genug besaß, nach der opfervollen Untersuchungszeit den wahrscheinlich drei- bis viertägigen Fußmarsch von München nach Frasdorf durchzustehen.

Dann die Bekundungen von Maria Furtners Nichte und Neffen. Sie haben mit ihr im engsten Familienkreis zusammengelebt. Ist es vorstellbar, daß sich die zahlreiche, bäuerlich-ehrbare Furtner-Sippe 50 Jahre lang, und darüber hinaus, schändlich verschworen hat, die Unwahrheit zu sagen? Irgendwann und irgendwo, bei Wirtshausgesprächen etwa, wäre doch einmal eine unbedachte Äußerung gefallen, die den Schwindel hätte auffliegen lassen.

Hätten die Angehörigen tatsächlich die Stirn gehabt, nach dem Ableben von Maria Furtner wider besserem Wissen auf den Grabstein meißeln zu lassen: »Sie genoß 52 Jahre hindurch nichts als Wasser«?

Auch den Bezeugungen der Frasdorfer Pfarrherren ist Bedeutung beizumessen. Sie waren die Beichtväter der Furtner-Familie. Würden sie trotz besserem Wissen unwahre schriftliche Erklärungen abgeben?

Mystische Motive, wie manche annehmen, waren nicht gegeben. Maria Furtner beteiligte sich am religiösen Leben nicht stärker als andere auch. Es sind überhaupt keine stichhaltigen Gründe zu erkennen, die sie dazu veranlassen hätten können, ein lebenslanges Theater zu spielen.

Maria Furtner hat nicht eine »Berühmtheit« erlangt, die sie hätte verführen können. Die Frasdorfer gewöhnten sich im Laufe der Jahrzehnte an die Existenz der Wassertrinkerin, sie machten wenig Aufhebens davon. Auch nicht die Rosenheimer Zeitungen, die nur selten, hauptsächlich erst nach ihrem Ableben, kurzgefaßte Berichte brachten.

Tatsache oder Täuschung? Ich habe lediglich ärztliche Dokumente zusammengetragen, Augenzeugenberichte und Geschichten um die Frasdorfer Wassertrinkerin. Es ist dem Leser überlassen, sich seine eigene Meinung zu bilden.

Der Herausgeber.

Danksagung

Pfarrer Alfons Oberbauer stellte die im Pfarrarchiv Frasdorf verwahrten Furtner-Dokumente zur Verfügung; dessen Schwester, die Pfarrhausfrau Elisabeth Oberbauer, holte aus den Kirchenbüchern die erforderlichen Lebensdaten;
Direktor Dr. Robert Münster, Bayerische Staatsbibliothek München, leistete wertvolle Hilfe mit weiteren Unterlagen und Bildern zum Fall Furtner und zur Biographie des Komponisten Ludwig Achleitner;
Pfarrer Anton Huber von Tondorf, ehemals Kooperator in Frasdorf, ferner Monika und Eliabeth Furtner, die Urnichten der Wassertrinkerin, sowie Pfarrer Balthasar Gumpertsberger und viele andere Frasdorfer Bürger halfen mit Hinweisen, Fotos und Erinnerungsstücken;
Paul Sessner, Dachau, stellte seine Farbaufnahme von der Frasdorfer Bruderschaftstafel zur Verfügung;
Werner Meier, München, verfaßte die Umrechnungen der Temperatur- und Gewichtseinheiten, wie sie zur Zeit des Königreichs Bayern üblich waren;
Liserl Feise-Fanderl stand bei der Gestaltung des Layouts zur Seite.

Allen gebührt herzlicher Dank!

Maria Furtner wenige Jahre vor ihrem Ableben

Benützte Literatur

Karl Emil v. Schafhäutl, Die Wassertrinkerin Jungfrau Marie Furtner aus Frasdorf. München 1881 und Zweitausgabe München 1885.
Biographisches Lexikon der hervorragenden Ärzte aller Zeiten und Völker. 3. Aufl., München 1962.
Carl August Lebschée, Malerische Topographie des Königreichs Bayern. München 1830.
Peter von Bomhard, Die Kunstdenkmäler der Stadt und des Landkreises Rosenheim, Teil II. Rosenheim 1957.
Adalbert Prinz von Bayern, Die Wittelsbacher – Geschichte unserer Familie. München 1979.
Ludwig Schrott, Die Herrscher Bayerns – Vom ersten Herzog bis zum letzten König. München 1966.
Wolf Seidl, Bayern in Griechenland. München 1965.
Maria und Robert Münster, Ludwig Achleitner – Lehrer, Komponist und Gemeindeschreiber. In: Sänger- und Musikantenzeitung, 27. Jahrg., S. 230. München 1984.
Hans Hoesch, Frasdorfer Heimatblätter. Frasdorf 1982.
Georg Mayr, Chronik von Frasdorf und Umgebung. Frasdorf 1921.
Rupert Wörndl, Der Jacklhof von Tauern und seine Geschichte. Frasdorf 1976.

Bildernachweis

Bayerische Staatsbibliothek München, Repro 30, 33, 34, 41
Bayerisches Hauptstaatsarchiv München – Geheimes Hausarchiv. Veröffentlicht mit Genehmigung S. K. H. Herzog Albrecht von Bayern. 57
Joachim Blauel-Artothek. Staatl. Graph. Sammlung München. 18
Moni Günther-Fanderl, Repro 3, Foto 52 rechts, 53
Balthasar Gumpertsberger, Repro 14 (Gemälde im Frasdorfer Schulhaus)
Chiemsee-Schiffahrt Ludwig Feßler 50
Jörg Hube 52 links
Helmut Huber, 4. Einbandseite
Institut für Geschichte der Medizin München (Originale im Stadtmuseum München, Maillinger-Sammlung) 31, 32
Kath. Pfarrarchiv Frasdorf 58, 64, 65
August Rammel, Rosenheim, Repro 23, 54
Reinhard Schulte-Wrede 26
Paul Sessner, Dachau, Repro 24/25, Foto 62, 112
Aus: Lebschée, Malerische Topographie... (S. Literaturangaben) 39
Aus: E. Weigl, Zeichnungen und Skizzen... von Fr. W. Doppelmayr. Rosenheim 1982, 13, 56
Alle übrigen Bilder aus Privatbesitz.

Anhang

Gesungenes und Gereimtes aus dem Priental

Volkslieder und Gedichtl, die zu Lebzeiten der Maria Furtner in ihrer Heimat lebendig waren.

Wiagnliadl

Heita, i will dir was singa,
Apfilein will i dir bringa,
Zucki und Kuachi und Kern
ißt ja mei Büabei so gern.

Bei Liedern und Reimen ohne Quellenangabe handelt es sich um Eigenaufzeichnungen. Die meisten habe ich übernommen von meiner Mutter Anna Fanderl, geb. 1872, die in Frasdorf beim „Alten Wirt“ aufgewachsen ist. W.F.

Zwiesprüchl

Mir wird die Zeit lang,
  sagt d'Schlang.

Mir mögn net schlafn,
  sagn die Affn.

Mach'ma an Jux,
  sagt der Fuchs.

Gehn ma zum Tanzn,
  sagn die Wanzn.

Wo denn hin?
  fragt die Spinn.

Zum großen Saal,
  sagt die Nachtigall.

Müass'ma uns schö gwandn,
  sagn die Antn.

I hab koa Haubm,
  sagt die Taubm.

Wirst scho oane kriagn,
  sagt die Fliagn.

Ja, von wem?
  fragt d'Henn.

Von der Godl,
  sagt der Vogl.

Laßt's ma mei Ruah!
  schreit die Kuah.

Gehn ma aber glei,
  sagt der Papagei.

I möcht an Kaffee,
  sagt das Reh.

I möcht a Oarwöckl,
  sagt 's Rehböckl.

I möcht an Strudl,
  sagt der Pudl.

Waar net schlecht,
  sagt der Specht.

Guat waar des scho,
  sagt der Floh – und hupft davo.

Die Mutter spricht jeweils die erste, das Kind die zweite Zeile.

Frasdorfer Dorfgedichtl

's Weda

Heut kimmt a Weda, sagt da Griaschteda.
Is net zun trau(n), sagt da Brau(n).
Es kemman scho no mehra, sagt da Lehra.
Lass' no grad kemma, sagt da Nema.

Da Teifi

Da Toni von da Stet hat an Teifi dameht.
Da Müllna an Grabm hat'n ganz daschlagn.
Da Bichimo-Michi tuat'n eini ins Trüchi.
Da Eda an Roa grabt'n ei' ganz alloa.

dameht = dermenen, vom Fuhrwerk überfahren

's Astl

Da Rauch mitn dickn Bauch, der ko net auf.
Der hat im A… an Astl, sagt da Bachwastl.
Stechts eahm eini mit da Na'l, sagt da Baua Ka'l.
Wenn a aba trenzt?, fragt da Lenz.
Des macht nix, sagt da Mix.
Da werat a uns untakiai, sagt da Isi.
Toa ma schmecka, sagt da Bäcka.
Des waar a so a Hin und Her, sagt da Krininga Bär.

Astl, Ast = Eiterbeule / Na'l = Nadel / untakiai = unterkühlt

Da Sagberga Schmarrn

Da Sagberga kocht an Schmarrn,
bringt'n abi zun Sturm.
Sagt da Sturm:
»Der Schmarrn, der hat gar koan Furm!«

Bringt'n umi zun Haslaua.
Sagt da Haslaua:
»Der Schmarrn is ma z'saua!«

Bringt'n abi zun Woaznreida.
Da Woaznreida
schickt'n glei wieda weida.

Schickt'n umi zun Schneida.
Sagt da Schneida mit da Schar:
»Der Schmarrn, der is scho gar net rar!«

Bringt'n abi zun Schuasta.
Sagt da Schuasta mit da Loast:
»Der Schmarrn, der is ma z'weni foast!«

Bringt'n umi zun Maschtl.
Sagt da Maschtl mitn großn Huat:
»Der Schmarrn, der is fei gar net guat!«

Bringt'n abi zun Müllna.
Sagt da Müllna von da Bäckamühl:
»Der Schmarrn, der is ma aa viel z'viel!«

Bringt'n aufi zun Häuslmo.
Der Häuslmo hat net lang g'schaut
und hat den Schmarrn glei abig'haut.

Oans, zwoa und drei...

Schiffleut – Kettengsangl

4. sagn is net singa, tanzn is net springa,
springa is net tanzn, aba Flöh san koa Wanzn, Wanzn, Wanzn,

5. Wanzn san koa Flöh, wohl tuat net weh,
weh tuat net wohl, aba leer is net voll, voll, voll

6. voll is net leer, a Knecht is koa Herr,
a Herr is koa Knecht und a Karpf is koa Hecht, Hecht, Hecht,

7. (a) Hecht is koa Karpfn, a Zitha is koa Harpfn,
a Harpfn is koa Zitha, aba süaß is net bitta, bitta, bitta,

8. bitta is net süaß, Händ san koane Füaß,
Füaß san koane Händ, aba Nasn san koane Zähnd, Zähnd, Zähnd,

9. Zähnd san koane Nasn, Hund san koane Hasn,
Hasn san koane Hund, aba krank is net g'sund, g'sund, g'sund,

10. g'sund is net krank, a Stui is koa Bank, a Bank is koa Stui, aba Buam
gehngan in d'Schui, d'Schui, d'Schui,

11. in d'Schui gehngan de Buam, a Kraut is koa Ruam,
a Ruam is koa Kraut, unsa Dirn is a Braut, Braut, Braut,

12. a Braut is unsa Dirn, Äpfi san koane Birn,
Birn san koane Äpfi und a Maß is koa Tröpfi, Tröpfi, Tröpfi,

13. a Tröpfi is koa Maß, a Kruag is koa Glas,
a Glas is koa Kruag, aba wenig is net g'nuag, g'nuag, g'nuag,

14. g'nuag is net wenig, a Dreck is koa Henig (Honig),
a Henig is koa Dreck und a Schwartn is koa Speck, Speck, Speck,

15. a Speck is koa Schwartn, spieln tuat ma mit de Kartn,
mit de Kartn tuat ma spieln, d'Schiffleut fahrn Zilln, Zilln, Zilln,

16. Zilln, de fahrn d'Schiffleut, d'Narrn, de werdn nia g'scheit,
nia g'scheit werdn d'Narrn –

's Fischn i da Prean

2. Fangen mir 's Fischn o,
verrichtn mir 's Gebet.
und no an Juchza drauf,
daß d'Langweil schnell vergeht.
Nacha gehts ins Wassa nei,
des muaß a Pritscha sei,
daß ma a Geld vodean,
drent auf da Prean.

3. Oana geht weit voraus,
der schaut an Auszug aus,
der jagt uns d'Fisch entgegn,
des is a lustigs Lebn!
Fisch hätt' ma nach da Schwaarn,
wenns no heraußn waarn,
daß's wieda weita gang,
waar insa Plan.

4. Da viert', der kimmt hintn drei',
dem derf ma allwei schrei':
»Alla, mitn Schiffi her!
Geht denn heut gar nix mehr?«
Zwoa ziahgn brav mit da Wad,
daß sie koan Stra' net hat,
daß ma koa Loch nei kriagn,
grad untan Ziahgn.

5. Hie und da gschiachts a diam,
daß ma a Loch nei kriagn;
da werd halt gflickt und gnaht
und visatiert schö stad.
's Hersteh leid's gar net lang,
da ziahgts oan d'Flachsn z'samm,
friern tuats oan auf da Stell,
des gspürt ma schnell.

6. Znachst waar uns bald was gschehgn,
ham ma oan übasehgn:
Kimmt der in Gumpn nei,
möcht untan Wassa schrei(n);
der hat eahm gsuffa gnua,
warum macht a 's Mäu net zua,
Herrgod, hat der schiach to –
des g'freut uns no!

Wad (dunkles a wie bei »grad«) = Wadlef, Fischreuse aus Garn

Vorgesungen von Anni Mayer, Brandnertochter von Hohenaschau, 1935. »Das haben der Poschner Hans, Müllerssohn aus Mühlthal bei Wildenwart und der Martl Kaspar, gebürtig beim Kusen an der Ketten immer gesungen.« W.F.

Das Lied schildert den Ablauf eines Fischzuges auf dem Prienfluß. Bis in die Mitte des vorigen Jahrhunderts hatte der Oberlauf des Flusses weite, fischreiche Ausbuchtungen. Dadurch war das Netzfischen »vom Schiffi aus« möglich. Die Rechte lagen bei den jeweiligen Herren von Schloß Hohenaschau, den Grafen Preysing (1610 – 1853), die eigene Fischmeister beschäftigten. Zu gewissen Zeiten im Jahr wurde die Prien abgefischt, wobei sich örtliche Helfer einfanden: »...daß ma a Geld vodean', drent auf da Prean«. (Frdl. Mitteilung durch Ludwig Frhr. von Cramer-Klett, Hohenaschau.)

’s Handwerks-Gsang

Beim Binder gehts scho o,
der möcht an Zwanzger Loh’!
Herrgott, is des a Gfrett,
bis oan der ’s Gschirr z’sammasteckt,
d’Reaf’ a weni oniklopft,
de Klumsn mit Rohr vastopft;
Wasser halt’ a koa’s drinn,
weil a jeds S’chaffi rinnt.

Bei de Zimmerleut is’s a-r a so:
da oani bohrt schö stad a Loch,
da anda, der feilt sei Sag,
dawei werds a so Mittag;
da anda, der suacht ums Bei(l),
schleifn tean allwei zwoa, drei,
da anda, der juckt eahm ’s Knia –
gnädi is’s nia.

Bei de Maurer is's die nämli Gschicht:
bis oana sein Stoa herricht;
da oani, der schnupft a Pris,
fragt, obs net elfi is,
da anda schreit: »Gehts her zum Tragn,
helfts ma mein' Stoa numtragn!«
So tragn fünf, sechs an oan Stoa,
trugn oana leicht alloa.

Da Bäck' machts oan a no recht,
's Brotbacha ko er schlecht,
d'Loawin macht er a viel z'kloa,
ko'st s' ganzer ins Maul nei toa.
Auf de Brezn kimmt z'weni Salz,
liaba no mehra Schmalz;
und d'Haar im Brot sand so guat,
daß' oan bald grausn tuat.

Beim Schmied bist a o'gschmiert,
wennst von eahm an Konta kriagst,
weil er de Kreidn doppelt nimmt,
wenn ma was in d'Schmittn bringt.
Zum Pfluagrichtn hat a gar koa Freud,
bald geht er z'tiaf, bald geht er z'weit,
zum Roßbschlagn hat er z'weni Ruah,
vaschneidt eahn an Huaf.

Da Schneider in da Stubn drin sitzt,
mehra von da Bank abanützt,
bis der an Fadn ei'famt,
oana leicht auf Ötting kam.
Vom Schneider hast grad an Schadn,
Holz ko'st gar net gnua habm,
ei'hoazn muaßt so wüast,
daß 's Luada net dafriast.

Da Schuster is erst da recht,
der flickt d'Schuah her so schlecht,
d'Fleck grad a weng onihängt,
daß's Wasser einirennt.
Da Sattler hats a scho los,
möcht grad de woaza Kost,
für den is de rogga z'guat,
weil er gar so fäu tuat.

De Bauernknecht san arbatssper,
sie kemman vom Nachtigen her;
verlangen brav großen Loh',
von da Arbat ziahgn sie davo.
De Bauern san rechte Schwanz,
sie ham lange Rosnkranz,
hättn gern d'Religion im Haus,
rutschn selber oft aus.

Da Wagner macht aa a G'fraßt,
wo hint und vorn nix paßt,
windschiaf hängt's Rad am Wagn,
was sollt ma da no sagn?
Deichsln machns allsam z'kurz,
d' Räda san ohne Sturz;
kemmas mit da Rechnung dann,
kunnts da werdn angst und bang!

D'Musikantn kriagn 's höchste Lob,
de toan ums Geld so grob,
sie pfeifn an so an Mist,
daß's kam zum ohörn ist.
Sie dudln auf schö stad,
daß's eahna d'Fotz aufblaht,
grad als wia d'Schaf beim Schern,
wanns um d'Lampi recht plärrn.

Der Brandner Beni

Wildschützenlied

2. Und wann i geh ins Gamsgebirg,
mei Hüatl setz i auf,
i kleid mi wia a Jagasbua,
steck Spielhohfedan auf, dulje, i kleid...

3. Und wia's ma znagst hat ganga schlecht,
laßt's enk den Gspoaß vozähln:
san Jaga kemma, stuckara vier,
und ham mi fanga wölln, dulje, san Jaga...

4. An Hund, den hetzns her auf mi,
der sollt mi gfanga habm,
i drah mei Büchsal übasi
und hab an Hund daschlagn, dulje, i drah...

5. Na hab is glei a so daflickt,
ham Nasn kriagt wia d'Madaköpf
und Schedl wia de Dudlsäck
hams kriagt de Jagaströpf, dulje, und Schedl...

6. O meine liabn Jagasknecht,
gehts nimma ins Gamsgjoad,
bleibts liaba in da Stubm dahoam,
da gschiacht enk gwiß koa Load, dulje, bleibts...

1964 vorgesungen vom Aicher Kaspar und seiner Frau, Schusterleut in Ebnat am Sagberg bei Frasdorf. W.F.

Spottlied auf Napoleon

2. Die Kron' und den Szepter hat er bei sich g'habt;
da habn ihn ja glei die Kosaken dertappt.
Er hat viel verloren, viel Geld und viel Guat,
vom Stiefi die Sporn und vom Kopf seinen Huat.

3. Ja, ja, Bonapartl, iatz hat es si g'wendt,
du hast da zu Moskau dei Nasn verbrennt.
Die Nasn verbrennt und die Zechan dafrert,
gell, Bonapartl, da bist g'schwind umkehrt!

4. Du muaßt auf Sankt Helena ins Schildkrotnklaubn,
des is da viel g'sünder als 's Länderausraubn.
Du muaßt di bekehrn, sunst kimmst net an Himmi,
und muaßt no krepiern wiar a alter Schimmi.

1812 zog Napoleon nach Rußland, mit ihm auch 30000 Bayern. Einer der Kommandanten war Brigadegeneral Friedrich Graf von Preysing, Hohenaschau. Er ist gefallen wie die meisten seiner Soldaten.

Überliefert aus Sachrang. August Hartmann, Historische Volkslieder und Zeitgedichte. Bd. 3, München 1913.

Geigenmusi beim Kranzerer vor dem 1. Weltkrieg.
V.l. Johann Osterhammer (Kranzl) Josef Riepertinger (Sturm) Balthasar Voggenauer (Dandl) Alois Osterhammer (Kranzl).

Brüder auf und laßt Euch sagn

»Bey der Metten in der hl. Nacht«

2. Wer hat denn dieses Licht anzündt?
Und secht, wie dort ein Steren brinnt!
Will uns denn Gott ein Sonnen
Jetzt bei der nacht vergonnen,
Die man ansonst nit findt?

3. Und wen hör i dann singen so schön?
Ich mein, der Himmel tuet offen stehn.
Hand nichts als lauter Freuden,
Toant d'Engel uns andeuten;
O Brüeder! das ist schön.

4. Hör nichts als lauter Gloria;
Guete Zeitung ich erfahre ja.
Dann heut ist uns geboren
Der Heiland auserkoren.
Singt Alle Gloria!

5. So laufet nur fein eilends g'schwind
Hin zu dem lieben Gotteskind!
Zu Bethelhem dort unten
Wird es werden gefunden.
Der Engel hat's verkündt.

6. Und nehm ein Jeder mit ein Gab!
Stechts nur die schönsten Lämmlein ab!
Du nimmst das allerbeste
Und i das allergrößte,
So in der Herd ich hab.

Aus Hittenkirchen. Hartmann/Abele, Volkstümliche Weihnachtslieder. Leipzig 1884

Rätselinschrift am Kranzlhof in Frasdorf

Die Schrift versteckt in sich drei heilige Namen. Lösung: Man lese den 1., 4., 7., 10. und 13. Buchstaben, dann den 2., 5., 8., 11. und 14., hierauf die übrigen der Reihe nach.